ラルーナ文庫

異界の双王と緑の花嫁

宮本れん

JN190954

三交社

CONTENTS

Illustration

篁ふみ

異界の双王と緑の花嫁

本作品はフィクションです。
実際の人物・団体・事件などにはいっさい関係ありません。

いつかおまえを迎えよう、緑の花嫁。
奇跡の名のもとに種を芽吹かせ、愛を実らせ、
いつの日か、この乾いた大地が再び緑で満ちることを――。

地下鉄の駅構内を抜け、地上に出た途端、照りつける太陽にクラリとなる。

葛木実《かつらぎみのり》は片手で庇《ひさし》を作り、黒いつぶらな目を細めた。

「夏、だなぁ……」

黒縁眼鏡《めがね》のフレームがジリジリと暑さを吸い取るせいで、心なしか頬《ほお》まで熱い。一度も染めたことのない黒髪もここぞとばかりに熱を溜《た》めた。

いくら日光が自然の恵みとはいえ、このところの異常な暑さには二十六歳の実であっても舌を巻く。樹木医をしている立場上、外に出向く機会もそれなりにあるのだが、最近はデスクワークが中心だったこともあって身体《からだ》が暑さに追いつかずにいた。

それでも、一番気にかかるのは自分よりも植物のことだ。

今は蒸散が盛んな時期だし、常緑樹の根に手を入れてやることができない。この間看《み》た街路樹の金木犀《きんもくせい》は元気だろうか。公園の楠木は病気や虫の被害に遭っていないだろうか。こうして道を歩いていても、街路樹を見上げるたび、公園の傍《そば》を通りかかるたびに思いを馳《は》せてしまう。自分が診断した樹木のことならなおさらだ。

具合が悪くなった時、人間ならば患者が医者を訪ねるが、植物の場合はそうはいかない。こちらから足を運んで症状を看てやり、手を尽くし、そのあとも二度、三度と経過を見るために通い詰める。好きでなければ務まらないだろう。もの言わぬ植物の声に耳を傾け、心の中で対話する時間は実にとってとても大切なものだった。

実は幼い頃から植物が好きで、「どうして種から芽が出るの？」「どうして木はまっすぐ立ってるの？」と、素朴な疑問を投げかけては両親を驚かせた。

庭の土を掘り返して根っこを調べたり、いくつも飼育ケースを並べて虫の生態を観察する息子を、両親は止めるどころか「夢中になるものがあるのはいいことだ」と理解を示してくれた。膨大な記録をまとめる作業を手伝ってくれたり、科学館や博物館に連れていってくれて、同じ目線でわくわくする気持ちを共有してくれた。実の一番の理解者であり、心強い応援団だった。

そんな両親も、数年前に不幸な事故で亡くなった。実が大学の特別研究員として、駆け出しの樹木医として、まさに「さぁ、これから」という時だった。

あれから二年。

彼らは今も心の中で実を励ましてくれている。眠い目を擦《こす》りながら論文を書いている時、病に倒れそうな樹木の声を必死に聞き取ろうとしている時に、「諦《あきら》めてはいけないよ」と実を奮い立たせてくれるのだった。

――ありがとう。お父さん、お母さん。

心の中で呟《つぶや》いて、実は再び通い慣れた道を歩きはじめた。

これから向かう県立農大に実が籍を置いたのは、今から八年前のこと。植物の多様性に魅了され、もっと知りたいという思いから真っ先に選んだ場所だった。

大学では森林生態学を学びながら朝から晩まで植物の研究と観察に没頭した。それでも興味は尽きずに大学院に進み、試験を受けて樹木医になった。研究員となった今は地域の樹木を治療したり、啓蒙活動にも取り組んでいる。

一事が万事そんな調子なので、実の一日は植物とともにあると言っても過言ではない。

大学時代に世話になった恩師の研究室に籍を置き、研究の傍ら、下っ端としてデータの整理も進んでこなす。皆は雑用と言うけれど、実にとってはどれも貴重な情報ばかりだ。見入っているうちにご飯を食べ損ねたり、見回りのガードマンが来てはじめて夜になっていたのを知ったのも一度や二度のことではない。

そんな実を、研究室の仲間たちは「根っからの植物オタク」と呼んだ。

「おまえはほんと、寝ても覚めてもそればっかだな」

「大木の枝先剪定《せんてい》のためにツリークライミングまではじめたんだって？」

「フィールドワークやりながら論文書いて、講演もして、おまけに趣味で花のデータまで採ってるだろ。もうどんだけ好きなんだよ」

先輩研究者たちがどっと笑う。

皆の顔を見ているうちに実もつられて笑ってしまった。

こう言うとちょっと大袈裟《おおげさ》だけれど、植物のためなら生涯を捧げてもいい、と思うほど入れこんでいる実だ。緑ほど人の心を癒《い》やしてくれるものはないと思う。

そんな生活をしているものだから、誰《だれ》かに恋をしたことは疎《おろ》か、異性を意識したこともなかった。なにせ恋愛そのものに興味がないのだ。そんな実を心配してお節介を焼こうとしてくれる仲間もいたが、厚意はありがたく辞退した。

女性とデートする時間があるなら、ひとつでも多くの植物を救いたい。膨大なデータは整理しなければいけないし、大事な鉢植えに水やりもしなければならない。時間はいくらあっても足りないのだ。

横断歩道の赤信号に立ち止まる。

なにげなく近くの街路樹を見上げたその時――突然視界がグラッと揺れた。

フィールドワークをしている時にも時々なる。帽子やタオルを装備していたって暑さにやられることはあるのだ。ましてや、通勤中の無防備な格好では眩暈《めまい》など日常茶飯事だ。

――大丈夫、いつものことだから。

自分にそう言い聞かせながらハンカチで額を拭《ぬぐ》ったものの、汗は引くどころか、後から後から噴き出してくる。どうもいつもとは様子が違う。そう察した時には遅かった。

周囲の喧噪《けんそう》が少しずつ遠離《とおざか》っていく。車の行き交う音や蟬《せみ》の合唱でにぎやかだったはずなのに、今は怖いくらいに早鐘を打つ心臓の音しか聞こえない。頭の中がキーンとなってうまく言葉が出なくなった。

「あ……」

いけない…、と思うと同時に身体から力が抜ける。とっさに信号機用のポールに縋《すが》ったものの、それを摑《つか》んでいることすらできずにずるずるとその場に崩れ落ちた。

――これ、拙《まず》いかも………。

こんなことははじめてで、どうしていいかわからない。

しっかりしなくちゃ。大学に行かなくちゃ。

けれど指先ひとつ動かせないまま、実は灼熱《しゃくねつ》のアスファルトに倒れ伏した。


かすかな違和感が意識の縁をカリカリと引っ掻《か》いていく。

微睡《まどろ》みの中でふと、甘い匂《にお》いが鼻孔を掠《かす》めた。

乾いた砂の大地を思わせる、お香のような不思議な匂い。かぎ慣れないそれを無意識に追いかけているうちに意識がゆっくりと水面に引き上げられる。

「ん……」

目を覚ました実は、見慣れない天井に二度、三度と瞬《まばた》きをくり返した。そろそろと頭を左右に倒し、周りの様子を目で窺《うかが》う。

「う…、うん……？」

どうもおかしい。

慌てて身体を起こし、手探りで眼鏡を探す。幸いなことにすぐ傍に置かれていたそれをかけてあらためて周囲を見回すと、そこには見たこともない光景が広がっていた。

寝台のすぐ下、二十畳ほどの広々とした床には、円や四角を組み合わせた異国情緒あふれるタイルが敷かれている。白い壁は漆喰《しっくい》だろうか。驚いたことに、石造りの天井からはレースのように美しい鍾乳石飾りが吊《つ》り下がっていた。

「な、なんだ、これ!?」

まるで映画のセットにでも迷いこんでしまったみたいだ。

驚きのあまり天井を見上げたまま呆然《ぼうぜん》としていた実の目に、ようやく白い薄布が映る。どうやら自分は天蓋《てんがい》つきの寝台に寝かされていたらしい。

生まれてはじめて見るものたちに動揺しつつも、とりあえずここが自分の家でないことはよくわかった。ならばと寝台を這《は》い出し、すぐ傍にある窓から外を見る。

だが、眼下に広がっていたのは予想を遥《はる》かに上回る衝撃的な光景だった。

「――――うそ、でしょ……？」

見渡す限り一面の砂漠が広がっている。

要塞《ようさい》のごとき石壁に囲まれた建物の遥か下方には、砂上に身を寄せ合うようにして赤茶けた家々が建ち並んでいた。強烈な陽と風に晒《さら》され続けたせいか色は白み、今にも崩れてしまいそうだ。それがやけにリアルに思えて、無意識のうちに喉《のど》が鳴った。

――――これって……。

とても現実とは思えない。

だが、夢でもなさそうだ。落ち着かなくちゃと自分に言い聞かせながら実は記憶をかき集めた。

今朝《けさ》もいつもの時間に起きた。いつものように家を出て、いつもと同じ電車に乗った。通い慣れた道を歩き、街路樹たちに思いを馳せ、そうして信号待ちをしていた時に暑さでクラッとなったのだっけ。

そう、あの時だ。急に激しい眩暈に襲われて、気がついたらここにいた。

「どうしよう……」

きっと今頃、研究室の仲間たちは心配しているに違いない。真面目《まじめ》なのが実の取り柄だ。これまで一度だって無断欠勤なんてしたことがなかった。

「と、とにかく帰らなくちゃ」

そう言って己を奮い立たせてみるものの、砂漠を目にした途端に心細さが募る。どうしたらいいのだろうと俯《うつむ》きかけたその時、不意に背後のドアが開いて、灰色の長衣を纏《まと》った男たちがどやどやと部屋に傾《なだ》れこんできた。

四、五人はいるだろうか。皆褐色の肌に、真っ白な髭《ひげ》を蓄えている。値踏みするような鋭い眼差《まなざ》しを向けられて実は戸惑うばかりだった。

「これが緑の……？」

「まだ子供ではないか」

「だがご神託だ。国のためなのだ」

老人たちは互いに顔を見合わせ、よくわからないことを言い合っている。それを押し退《の》けるようにして、後からふたりの大柄な男性が入ってきた。

その途端、場の空気がガラリと変わる。

老人らは慌ててそちらに向き直り、恭しく頭《こうべ》を垂れた。六十もとうに過ぎているであろう彼らが、その半分にも満たない青年ふたりに我先にと頭を下げる光景はなんとも不思議なものだった。

それぐらいふたりは偉いのだろう。生まれながらにして人の上に立つ人間なのだと一目でわかる。堂々としていて威厳があり、どこか神々しさのようなものさえ感じさせた。

――こんな人もいるんだ……。

これまでの人生でおよそ出会ったことのないタイプだ。あまりに現実味が湧《わ》かなくて、ついぼんやりと見てしまう。

そんな男性たちの片方に、老人が一礼してから声をかけた。

「サディーク様。わざわざお運びにならずとも、お目通りの支度を調えましてからご挨拶《あいさつ》にと……」

「私が、少しでも早く会いたかったのだ」

凛《りん》と響く爽《さわ》やかな声。張りがあるのに押しつけがましいところはなく、やわらかく耳に届く。サディークと呼ばれた男性は、なおもなにか言いたそうにしている老人からゆっくりとこちらへ視線を移した。

距離があってもかなり長身な人だとわかる。一八〇……いや、一九〇センチはあるかもしれない。

白い肌に似合う柔和な面差し、おだやかなブルーグレーの瞳《ひとみ》。腰まである亜麻色の髪を靡《なび》かせ、金《きん》刺繍《ししゅう》の施された白い長衣を纏って颯爽《さっそう》と立つ姿は同じ男ながら思わず見惚《みと》れてしまうほどだ。

モデルだろうか。あるいは俳優かもしれない。とりあえず、自分とは住む世界がまるで違う人だということはよくわかった。

そんなサディークが、ゆっくりとこちらに歩み寄ってくる。

近くで向かい合うと見上げるほどだったが、それを察したのか、サディークはわずかに身を屈《かが》め目の高さを合わせてくれた。

「強引なことをしてすまなかった。気分はどうだ」

「え？」

強引なこととはどういう意味だろう。

訊《き》いてみたかったものの、気遣わしげな眼差しにせめて体調のことだけでも早く答えなければと焦るあまり、大丈夫ですと言いかけてケホッと咳《せ》きこむ。一度出たら止まらなくなって、立て続けにケホケホと咳きこんでしまった。

そういえばだいぶ湿度が低い。普段温室に慣れているせいか、どうしても敏感になってしまう。

「大丈夫か」

大きな手でやさしく背中をさすられ、実はこくこくと頷《うなず》いた。ほんとうはお礼を言いたかったのだけれど、声を出したらまた咳《せき》が出てしまいそうだったのだ。

「イザイル」

「そら、水だ」

サディークが肩越しにふり返ったのと、後ろから鈍色《にびいろ》のコップが差し出されたのはほぼ同時だった。それを受け取りながらサディークが静かに微笑《ほほえ》む。

「さすが気の利く」

イザイルと呼ばれた男性は腕組みしながら当然とばかりに顎《あご》をしゃくった。その先には水差しを持った男性が部屋の隅に立っている。なるほど、それでとっさに水を差し出してくれたのか。

彼もまただいぶ上背のある人だ。サディークと同じか、あるいはそれ以上だろうか。

男らしく野性味あふれる容貌《ようぼう》といい、がっしりした体軀《たいく》といい、武人という言葉がよく似合う。褐色の肌に暗めのブロンドがしっくりと馴染《なじ》み、銀刺繍の施された黒の長衣が彼の男らしさを際立たせていた。

「なんだ。いらないのか」

ぼんやりしている実に焦《じ》れたのか、イザイルが不機嫌そうにこちらを見下ろす。しまった。失礼なことをしてしまった。

「いっ、いただきます」

実は慌ててサディークからコップを受け取る。

鈍色の外見からてっきり常温だと思っていたコップが予想外に冷たくて驚いた。これは真鍮《しんちゅう》だろうか。よく見れば細やかな装飾が施されていてとても美しい。真鍮は熱伝導性がいいから、それだけよく冷えた水なんだろう。そう思ったらゴクリと喉が鳴った。

「ゆっくり飲むといい」

サディークに勧められて口をつける。ゆっくりと言われたのに一口飲んだら冷たい水の誘惑に負けてしまって、ゴクゴクと喉を鳴らして飲み干してしまった。

空《から》になったコップを下ろし、ふう…、と息を吐く。喉の痛みもなくなったし、ようやく咳も治まった。

「ありがとうございました。助かりました」

サディークとイザイルを交互に見ながら一礼する。ほっとしてつい笑ってしまったせいだろうか、サディークが驚いたように目を瞠《みは》った。

ブルーグレーの瞳はやがて甘やかに熱を帯び、熱い視線となって実を搦《から》め捕ろうとする。いくら植物にしか興味のない自分でも、こんなハンサムから穴の空くほど見つめられたらさすがにドギマギしてしまう。

「あ、あの……」

なにか言わなくてはと、とっさに口を開いた実にサディークはさらに顔を近づけた。

「そなたを迎えられる日を心待ちにしていた」

「え?」

「またこうして会えてうれしい。そなたはさらに美しくなったな」

「あ、の、その……」

うっとりと囁《ささや》かれても、実にはまったく覚えがない。なにかの間違いじゃないですかと喉元まで出かかった時だ。

「サディーク様」

老人のひとりが強引に割って入ってきた。

「畏《おそ》れながらこのもの、女とは思えませぬ」

「どういうことだ」

「喉仏が」

老人はそう言って実の首を指す。水を飲んだ時に喉仏が動くのを見たと証言する男に、周囲の老人たちも皆険しい顔つきになった。

だが、当の実はひとり首を傾《かし》げるばかりだ。背が低いせいか、顔立ちが中性的だからか、男らしさとは縁遠い自分だがこう見えてもれっきとした男性だ。少しは筋肉だってあるし、喉仏だってちゃんとある。

——この人たち、なにを言ってるんだろう……？

なにげなく唾《つば》を飲みこんだところ、それを見た老人たちがいっせいに目を剝《む》いた。

「男だ！」

「まさか男だったとは！」

「跡継ぎなど望めるわけもない。これではなんのために貴重な種を！」

口々に叫びながら侮蔑《ぶべつ》の目を向けてくる。

「ほんとう、なのか……？」

サディークも動揺しているようだ。

「ほんとうですよ。そうは見えないかもしれませんけど」

「そう、か……そうだったのか……」

愕然《がくぜん》とするサディークをよそに、老人たちはますますヒートアップしていった。

「なんということだ。大変な損失だ」

「国家機密を知られた以上、このまま生かしておくわけには」

物騒な言葉が飛び交う。中には剣に手を伸ばすものまで現れる始末だ。それが強《あな》ち冗談でもなさそうだとわかって実はとっさに後退《あとずさ》った。

「お、落ち着いてください。皆さんがおっしゃる国家機密なんて僕にはわかりませんし、目が覚めたらここにいただけで……わっ！」

「死んで詫《わ》びよ！」

老人とは思えぬ身のこなしで詰め寄られ、喉元に杖《つえ》を突き立てられて息を呑《の》む。そこへトドメとばかりに別の男から長剣をふり下ろされ、怖ろしさに逃げることもできないまま固く目を瞑《つむ》った時だ。

ガン！　と大きな音が響く。

そろそろと目を開けると、サディークの大きな背中が見えた。それから剣を持つ老人を跳ね返した左腕も。彼が身を挺《てい》して守ってくれたのだと気づくまで少しかかった。

まさかサディークに危害を加えることになるとは思ってもいなかったのだろう。老人は狼狽《うろた》えながら床に頭を擦りつけて詫びている。実に杖を突きつけていたものもはっとしたように身を引いた。

サディークは老人らを睨《ね》めつけ、凄《すご》みのある声で一喝する。

「私の前で剣を抜くとどうなるか、知らぬわけではあるまいな」

先ほどまでのおだやかさなど欠片《かけら》もない冷淡な眼差しに、相手はただ額《ぬか》ずくばかりだ。

「しかし、サディーク様」

後ろにいた別の男が口を開いたが、サディークはそれすら視線だけで黙らせた。

「よいか。このものに危害を加えることは私が許さぬ」

「ですが」

「聞こえなかったか。許さぬ、と言った」

「……っ」

老人たちは退室するよう命じられ、グッとなりながらも部屋を出ていく。

あとにはサディークとイザイル、それに実だけが残された。

どうやら命は助かったらしいとわかったものの、依然として事態は呑みこめないままだ。

話をしてみたくともサディークは難しい顔をしているし、そんな彼を見てイザイルもまたため息をついているしで、とても話しかけられる雰囲気ではない。

「俺が代わるか？」

少しの沈黙の後、イザイルがぽつりと呟いた。

サディークが弾《はじ》かれたように顔を上げる。よほど思いがけない申し出だったのか、彼は美しいブルーグレーの目を見開きながらイザイルを見つめた。

「おまえが？」

「だってそうだろう。おまえの場合、立場上いろいろと面倒だ。あの口喧《くちやかま》しい重鎮たちと毎日やり合うことを考えてみろ。最悪だぞ」

「気遣ってくれるのはありがたいが……」

サディークは小さな嘆息とともに首をふる。

「それでも、私の使命だ」

自分に言い聞かせるようにきっぱりと宣言するサディークに、今度はイザイルが大きなため息をついた。

「昔っから頑固なんだよなぁ」

「意志が固いと言ってくれ」

「おまえのそれは意固地って言うんだ」

「初志貫徹とも言う」

イザイルがやれやれというように肩を竦《すく》める。

そんな相手に苦笑を返すと、サディークがこちらに向き直った。

「先ほどは、うちのものが無礼な真似《まね》をしてすまなかった。あれでも国のことを思っての行動だったのだ。どうか許してやってほしい」

「あ、えっと……はい……」

そう言われてしまうと文句も言えない。

――これでも死にかけたんだけど……。

その前に、ここはどこで、この人たちはいったい誰なんだろう。戸惑っている実を見てなにか察したのか、イザイルがサディークを肩でつついた。

「順を追って説明した方がいいんじゃないのか」

「そうだな」

サディークに促されて三人は床から一段高くなった基壇《きだん》に場所を移し、美しい織物の上に円陣を組むようにして腰を下ろす。絨毯《じゅうたん》は織り目が密に詰まっているのにやわらかく、素足で触れるととても気持ちがいい。それに、細かな幾何学模様もとても見事だ。

じっと見入っていると、「この国の伝統的な織物だ。気に入ったか」とサディークが笑いかけてきた。

「僕はこういうことに詳しくない素人ですが、とても立派だなと思いました。昔、大学の教授の家にお邪魔した時もこれに近いものを見たことがあって」

「ほう」

「ペルシャ絨毯というのだと、教授が……」

そこまで言ってはっとなる。サディークは、この国の伝統的な織物だと言った。

――それって……。

心臓がドクンと跳ねる。うまく言葉にできないままサディークの方を見ると、彼はそんな気持ちすら汲《く》み取るように「ひとつずつ話そう」と頷いた。

「まずは自己紹介からだな。――――私はアラバルカを統べる王、サディーク・アル・アラバルカだ。こちらは双子の弟のイザイル。見てのとおり似ているところはあまりないが」

「二卵性だからな」

イザイルが片膝《かたひざ》を立てながら、なんでもないことのようにつけ加える。

そんなふたりを交互に見て実はぽかんと口を開けた。

「今、王って言いました、よね……？」

「とてもそうは見えないか？」

「いえ、そういうわけじゃなくて……」

まさか自分が、どこかの国の王族と話す機会があるなんて想像もしなかっただけだ。

そう言うと、サディークはふっと遠くを見るような目になった。

「数年前、前王が生まれたばかりの落《おと》し胤《だね》を残して亡くなってしまってな……。私が後を継いだんだ。この歳《とし》で王座に就くなどと当時は大騒ぎになったものだ」

周辺国とのパワーバランスが崩れることを不安視した一部の大臣たちが異を唱えたり、国の混乱に乗じて攻め入ろうとする近隣諸国もあったという。まだまだ周辺情勢が不安定なのだとサディークはため息をついた。

「国をまとめるには、私が王にふさわしい人間であることを実力で示すしかない。その点イザイルにはずいぶん助けてもらった。小国のアラバルカが、列強の侵攻を受けながらも国として成り立っていられるのは、彼が身を盾にして守ってくれているおかげだ」

「おまえだって外交で命張ってるだろ。役目が違うだけで同じことだ」

イザイルがぶっきらぼうに返す。どこか居心地悪そうにしているから、褒められるのが苦手な人なのかもしれない。自分から見たら、ふたりで国を守っているなんてそれだけですごいことだと思うけれど。

「ところで、あの……アラバルカっていうのは、どのあたりの国なんでしょうか」

「あぁ、そうだったな。そなたにはそれも伝えなければ」

サディークが頷く。

「端的に言うと、そなたのいた世界には存在しない国だ」

「……え？」

「だが、そなたの生まれ育った国のことは知っているぞ。『日本』というのだろう」

「ど、どういう意味ですか？」

あまりに思いがけない内容に目を丸くしていると、サディークは、自分たちが異世界に暮らすもの同士だと教えてくれた。

「……異世界……」

「実感が湧かないのも無理はない。私たちもはじめて聞いた時は驚いたものだ。そなたのことを知り、そなたのいた国のことを知るうちに、少しずつ理解していった」

「僕のことを？」

「一度、そなたに会いに行ったな。……ふふ。忘れてしまったか？　私ははっきり覚えているぞ。そなたが大学というところに通っていた頃のことだ。数年は遡《さかのぼ》る——」

サディークが懐かしそうに目を細める。

話を聞いているうちに、大学三年生の時の不思議な体験を思い出した。

あれは、いつものようにひとり遅くまで研究室に残っていた夜のことだ。

研究に没頭していた実の前に突然幽霊が現れて、こともあろうか話しかけてきたのだ。

あまりに驚いてしまって、怖いとか、逃げようとか、そんなことを考える余裕もなかった。ひとりで呆然としているうちに幽霊たちは消えてしまい、それっきりで、結局はよくわからないままうやむやになってしまったのだけれど。

「もしかして、あれって……」

「あの時の約束どおり、そなたを召喚した。ミノリ」

「ぼ、僕の名前までご存知なんですね」

「そなたのことならなんでも知っている。長い間、こうして迎えられる日を心待ちにしていた。……あの時とは、少し事情が変わってしまったが」

そう言いながらサディークがなぜか顔を曇らせる。

「こいつ、おまえのことを女だと思ってたからな」

「イザイル」

窘《たしな》められたイザイルはやれやれと肩を竦めてみせた。なるほど、そういうことか。

「すまない、ミノリ。許してくれ」

「いいですよ。女顔で童顔ってよく言われますし、そんなに気にしないでください」

「童顔……？　そうなのか？」

「驚かれそうだからあんまり言いたくないですけど、これでも二十六ですし」

「嘘《うそ》だろ⁉」

すかさずイザイルが素《す》っ頓狂《とんきょう》な声を上げる。

「俺たちと四歳しか違わないのか？」

「えっ。それこそ嘘ですよね⁉」

「なんだと」

ジロリと睨《にら》まれて首を竦める実に、イザイルはフンと鼻を鳴らした。

憮然《ぶぜん》としたイザイルと、柔和な微笑みを浮かべたサディーク。実と四歳差ということはふたりともちょうど三十歳なんだろう。それにしてはすごい貫禄《かんろく》だ。四年後の自分がああなるなんてとても思えない。

「異世界の方はことさらご立派なんでしょうか……」

「おまえがぽやっとしてるだけだろ」

「こら、イザイル。ミノリを苛《いじ》めるな。それに、ミノリにだって資質はあるんだぞ」

「資質？」

「そなたは、こちらの世界に生まれるはずだった人間なのだ」

「え……？」

意味がよくわからない。それはどういうことだろう。

首を傾げる実に、「少し長い話になるぞ」と前置きしてサディークが再び口を開いた。

「そなたがなぜあちら側に生まれてしまったかはわからない。なんらかの力が働いたのか、あるいは向こうにも求められたのか――。そなたには、どちらにも必要とされるだけの力がある。なぜなら〈緑に愛されたもの〉だからだ」

草花や樹木、およそ緑と名のつくものを統べる力を持っているのだとサディークは言う。

「昔から植物に懐かれるだろう」

「あ……」

思わず声が出る。確かに覚えがあることだったからだ。

小さな頃からなぜか、実が世話をすると枯れかけていた草花が元気になったり、何年も蕾《つぼみ》をつけなかったような鉢植えが花を咲かせたりすることが何度もあった。

小学生の頃はオカルト紛《まが》いの扱いをされ、からかわれたりもしたが、幸いにも研究室の仲間は理解してくれたし、実自身も植物と向き合っていられればそれでしあわせだったので特に気に病むこともなく、当たり前のように過ごしてきた。

思いつくままに打ちあけると、サディークは満足そうに頷いた。

「それこそ〈緑に愛されたもの〉の資質だ。私たちが出会った時もそうだったな」

出会った時——それはつまり、ふたりが突然目の前に現れた時ということだ。

「そういえば、どうやって僕のいた世界に来たんですか？」

「王の力を使ったのだ。アラバルカの神からこの国の王だけに授けられる力だ。おかげでそなたの日常を垣間《かいま》見《み》ることができた」

「俺まで異世界旅行につき合わせやがって」

「ふふふ。楽しかっただろう」

眉間《みけん》に皺《しわ》を作るイザイルがさらに渋面になる。確かに、あの時サディークだけでなく、イザイルも一緒だった。この様子では半ば無理やり連れ回されたんだろう。

「こうしてそなたを迎えられてうれしいぞ。ミノリ」

「あ…、ありがとうございます。でも……」

満面の笑みを浮かべるサディークには申し訳ないけれど、そして植物に懐かれるという特技を授かった理由にも興味は湧いたのだけれど。

「そう言っていただけるのはうれしいんですが、でも僕、戻らないと……。大学で植物の研究をしているんです。論文も途中だし、水やりもしないといけないし」

「心配すんな。おまえの代わりに他の人間が水をやってる」

イザイルがなぜかきっぱり言いきってみせる。

どうしてそんなことがわかるんだろう。確かに彼の言うように、水やり当番が休んだら他のメンバーが仕事を代わるのはいつものことだけれど。でもそれが一日ならまだしも、何日も、ましてや無断でというのはよくないと思う。

「ミノリ」

訊き返すのをためらっていると、サディークにぽんと背中を叩《たた》かれた。

「せっかくこうして会えたのだ、少し時間をもらえないだろうか。もとの生活が気になるようなら私が対処しておこう。それでどうだ。気がかりはないか」

兄の言葉に弟が短く嘆息する。

「またこれで俺もあいつらに怒られんのかよ」

「ミノリの気持ちもわかるだろう。小言はすべて私に言うように言っておく」

「わかったわかった。まったく甘いな」

顰《しか》め面《つら》のイザイルにサディークは肩を竦めると、実を安心させるように大きな手でやさしく背中を撫《な》でた。

「そなたには我儘《わがまま》を聞いてもらうことになって申し訳ない。その分、私たちが全力でそなたを守ろう。約束する」

やさしいブルーグレーの瞳。こうして見つめているだけで吸いこまれてしまいそうだ。

――なんてまっすぐな目をするんだろう……。

どうしてかわからないけれど胸がトクトクと鳴りはじめる。慌てて心臓のあたりを押さえる実に、サディークがふっと含み笑った。

「ここで暮らすにあたって、そなたには世話係をつけよう。気さくでとてもやさしい男だ。わからないことがあればなんでも訊くといい」

サディークの合図で、それまでドアのすぐ横に控えていた男性がこちらに歩いてくる。三人の座る基壇のすぐ前までやって来ると、彼は床に片膝をつき、恭しく最敬礼した。

「ミノリ様のお世話をさせていただきます、アルと申します」

灰色の長衣を纏ったアルがゆっくりと顔を上げる。

顔を上げた相手と正面から向き合った実は、安心感にほっと息を吐いた。あたたかみのある声といい、やわらかな面差しといい、とてもやさしそうな人だ。サディークたちより七、八歳は年上だろうか。褐色の肌に黒い短髪が誠実そうな人柄によく似合っていた。

しばらくにこにこと見つめ合っていた実だったが、アルが床に膝をついたままだったと気づいてはっとなる。

「あ、あのっ……僕にそんなことしないでください。僕の方がお世話になる立場なのに、そんなことされたら申し訳ないです」

大慌てで基壇を下り、取りなそうとすると、それがおかしかったのかイザイルが小さく噴き出した。アルも少し困ったような、でもうれしいような、複雑そうな顔をしている。

サディークが肩で笑いをこらえながら助け船をよこしてくれた。

「ミノリは私たちの大切な客人だ。王の客人は王と同等に扱われる。遠慮はいらない」

「でも、そんなこと言ったって……」

「友人のように接してくれという方がアルにとっては難しい注文だと思うが、どうだ？」

話をふられたアルは、眉尻《まゆじり》を下げながら「はい」と頷く。

「サディーク様のおっしゃるとおりです。どうぞご遠慮なく、なんなりとお申しつけくださいませ」

そこまで言われてしまえばしかたがない。こうなったらなるようになるだろう。

実は腹を決め、アルに向かってぺこりと頭を下げた。

「それじゃ、よろしくお願いします」

「決まりだな」

サディークが右手を差し出してくる。握手を求められているとわかり、実もおずおずと右手を出した。

「これからよろしく頼む」

「こちらこそ」

あたたかな手でぎゅっと握られ、自分が歓迎されていることを実感する。サディークはもう片方の手でイザイルの手も摑むと、自分たちの握手にそれを重ねた。

「イザイルからも、よろしくと」

「なんだこりゃ」

「どうぞよろしくお願いします」

困り顔のイザイルを見ていたらおかしくなってきて、失礼と思いながらも笑ってしまう。そんな実を見てサディークもアルも、しまいにはイザイルまでも一緒になって笑った。

——不思議だな……。

そんな三人の顔を眺め回しながら心の中でしみじみと呟く。

突然別の世界に召喚されて、訳もわからず戸惑っていたはずなのに。

六年前の体験が夢じゃなかったと証明されたり、植物と相性がよかったのは〈緑に愛されたもの〉の力ゆえだとわかったりと、これまで不思議に思えていたものが解き明かされていく。ルーツと呼んだら大袈裟かもしれないけれど、それらがここにあるというならもう少しだけ覗《のぞ》いてみたい。

——それに。

サディークは紳士的でやさしいし、イザイルは怖いところもあるけれど悪い人じゃなさそうだ。アルも気さくでいい人みたいだから、きっとうまくやれると思う。

実は大きく一度深呼吸をする。

異国の乾いた砂の匂いが逸《はや》る心をくすぐっていった。


その夜、実は夢を見た。懐かしい夢だ。

「おーい、葛木。すまんがこれ運ぶの手伝ってくれ」

パソコンの画面と睨めっこしていた実は、自分を呼ぶ声に顔を上げた。

見れば、研究室の入口で教授が手招きしている。足元には大きな荷物、そしてその後ろにはお客さんだろうか、六十代と思《おぼ》しき白髪交じりの男性が立っている。ふたりでここまで運んできたものの、力尽きたといったところか。

「言ってくだされば台車でお迎えに行きましたのに」

実は慌てて席を立つと、ごちゃごちゃとした研究室の中を器用に縫って迎えに出た。

挨拶もそこそこにまずは荷物を準備室に運びこみ、ソファに腰を下ろした客人にお茶をふるまう。こういったこともゼミ生である自分の役目だ。

実は、大学三年生になると同時にこのゼミに入った。

上には四年生や院生、さらには特別研究員など、長年腰を据えた先輩方が自由気ままに出入りしている。そんな中、雑用をこなすのは一番下っ端の実ということになる。データ整理から部屋の片づけ、さらにはお茶菓子の買い出しまで任される仕事は多岐に亙《わた》っていたが、それを嫌だとか、面倒だと思ったことは一度もなかった。

なにせ新しい情報が入り放題、教授や先輩には質問し放題という、夢のような環境だ。

にこにことお茶を出し、自分の席に戻ろうとすると、なぜか教授に呼び止められた。

「葛木。頼まれついでにもうひとつ」

「はい。なんでしょう」

勧められるまま座って話を聞いたところ、花の世話を頼みたいとのことだった。

「開けてごらん」

先ほど運びこんだ段ボール箱を指差される。

そっと蓋《ふた》を開けてみると、中には鉢植えの植物が入っていた。

手桶《ておけ》ほどの鉢の真ん中から太くしっかりした茎が伸び、四方に平たい葉が広がっている。一見すると君子蘭《くんしらん》のようにも見えるが、葉先にいくに従って葉は細く尖《とが》っており、厚みも少ない。

「アマーラだよ」

教授の言葉に弾かれるように顔を上げた。

「これが、アマーラ……」

育てるのがとても難しいと言われている花で、それゆえにマニアの間では人気が高く、希少価値ともあいまって高額で売買されていると聞いたことがある。自分も実物を見るのははじめてだ。

「とてもきれいな花だというんで、軽い気持ちで挑戦してみたんだが……」

客人の男性はそう言って深々とため息をついた。

手に入れたからにはぜひとも花を咲かせようと専門書を読んで勉強したり、周囲の愛好家に相談しながら何年も育ててみたものの、その間一度も花をつけなかったのだそうだ。それどころか最近では葉にも色艶《いろつや》がなくなり、弱っていく一方だという。

「もうこうなったら、専門家に見ていただきたくてね」

男性が縋るように教授を見る。なんでも、ふたりは昔からの友人だそうで、これまでもちょくちょく相談していたのだそうだ。

「ついにうちのゼミに入院か」

教授が鉢植えを見ながら眉尻を下げる。

「預かったからには咲かせてやりたいが、まずは状態を調べないことにはな」

「ダメならダメでしかたないんだ。手を出した私が分不相応だったってことだろう。だがもし、この子が元気になる可能性があるなら助けてやってくれないか」

「わかった」

頷いた教授は、「というわけで」と実に向き直った。

「葛木、ちょっと調べてみてくれ。今いろいろ任せてる中で申し訳ないが」

「大丈夫です。むしろ、こんな貴重なものを見せていただけて僕の方こそうれしいです」

実の言葉に、相談者の男性はほっとしたように笑う。

「大事にお預かりしますね」

男性に約束した後で鉢植えに視線を戻し、心の中でそっと話しかけた。

――これからゆっくり元気になろうね。

植物は言葉で答えることはない。

けれど態度で応《こた》えることならできる。

かくして、その日からアマーラとのつき合いがはじまった。

まずは今の状態を調べるために慎重に鉢から出す。もの言わぬ植物の声を聞くには根を看るのが一番だ。茎や葉など地上部の大きさに対して鉢が小さいように思えて、ぱっと見た時から気になっていたのだ。

「うーん。そっか……」

取り出してみれば案の定、根詰まりを起こしていた。

古土を落とし、黒褐色に傷んだところをていねいに取り除く。枯れた下葉を切り取ってきれいにしてみたところ、幸いにも深刻な事態には至っていないようだ。ほっとしながら記録用の写真を撮り、培養土を入れた一回り大きな鉢に植え替えた。

これで根の方はしばらく様子を見るとして、葉にも手入れが必要そうだ。状態があまりよくなく、ところどころ茶褐色の斑点《はんてん》が出ている。高温多湿な時期に発生しやすい病気のひとつだ。持ち主の男性はあまり濃い肥料は与えていなかったそうだから、これなら水和剤を散布すれば回復してくれるかもしれない。

「頑張れ」

弱ったアマーラをそっと撫でる。どんなに苦しくても訴える言葉を持たない植物たちの助けになれたら——手をかければかけるほどそんな思いが募るのだった。

そうやって甲斐甲斐《かいがい》しく世話をするうちに実の思いが通じたのか、アマーラは少しずつ元気になっていった。鉢植えに懐かれたなんて知らない人が聞いたら耳を疑うだろうが、少なくともゼミの仲間は慣れっこだ。一ヶ月後、小さな蕾をつけたアマーラを見て誰もが実の功績を讃《たた》えた。

「葛木、すごいじゃん！」

「これ育てるのが難しい花なんだろ？　おまえ、どんな魔法使ったんだ？」

魔法だなんてとんでもない、ただ普通に世話をしていただけだ。

何度もそう言ったのだけれど、謙遜《けんそん》と取った周囲は実に対して一目置くようになった。

話しかけたり、時々撫でたりしていただけだから、自分としては特別なにかしたつもりもないのだけれど。

それでも、アマーラが元気になってくれたのはよかったし、教授も持ち主もよろこんでくれてなによりだった。毎日観察データを取ったおかげで勉強にもなったし、アマーラの生命力に触れるにつれ、将来は植物を看るためのお医者さんになりたいとの思いを強めるきっかけにもなった。

そんな、ある夜のこと。

いつものように遅くまで作業をしていた実は、ふと呼ばれたような気がしてパソコンの画面から目を上げた。誰かの声がしたわけではない。あくまで勘だ。けれど顔を向けると案の定、アマーラの蕾が少しずつ開きはじめるところだった。

「わっ。咲きそう！」

ガタガタと音を立てながら椅子《いす》を立つ。いつもなら備品もていねいに扱う実だが、今は構っていられない。慌てて鉢に駆け寄ると、蕾にそっと顔を近づけた。

大きく膨らんだ蕾は翡翠色《ひすいいろ》の萼《がく》からうっすらと青色が透けている。開花が近いからか、その色が日増しに濃くなっていくのをわくわくしながら見守っていたのだ。

そんなアマーラが、まるで実だけに見せるというように誰もいない夜の研究室でその羽根を広げようとしている。それなのに、こんな時に限って教授らは留守だ。この貴重な機会を見逃したなんて知ったら絶対に悔しがるに違いない。

「そ、そうだ。スマホ」

急いでスマートフォンを取り出す。

せめて動画で撮っておこう。きっと大事な資料になるだろう。

けれど、ファインダーを向けたところで手がふるえていることに気づく。ドキドキして昂奮《こうふん》を抑えられないのだ。慌てて卓上三脚に固定して、撮影開始ボタンを押した。

シンと静まり返った部屋に、ピッという電子音が響く。スマホの画面と目の前の様子を交互に見ながら、実は固唾《かたず》を呑んで開花の一部始終を見守った。

それは、蝶《ちょう》の羽化のような神秘的な光景だった。

乳白を帯びた翡翠色の萼がゆっくりと離れ、その下から目の覚めるような青い花びらが現れる。はじめは灰色がかった薄いブルー、それから空色、群青へと中心に向かって濃さを増していった。まるで奇跡を凝縮したような花だ。幾重にも花弁を広げ、凛と咲き誇る姿はまさに、限られたものだけが見ることのできる奇跡そのもののように思えた。

――なんてきれいなんだろう……。

あまりの美しさにため息も出ない。瞬きをするのさえ惜しくて、ただただ花を見つめていた、その時だった。

ファインダーに人影らしきものが映りこむ。はじめはアマーラばかり見ていて気づかなかったものの、シルエットがはっきりしてくるに従ってさすがの実も気がついた。

「……え？」

顔を上げたのと、目の前に見たこともない男性たちが立ったのはほぼ同時だった。

「わっ」

驚いて後退った拍子に椅子が倒れ、ガタン！　と甲高い音を立てる。実は録画を止めるのも忘れて呆然とふたりの訪問者を見上げた。

どうも外国人のようだが、留学生だとしても見覚えがない。片や高貴な雰囲気を纏っておだやかに微笑み、此方《こなた》野性的な風貌《ふうぼう》でどっしりと構えている。

どちらもすごい迫力で圧倒されてしまう。こんな人たちがいったいなんの用だろう。

身を固くする実に、長髪の美男子がどこか困ったように眉尻を下げた。

「すまない。やはり驚かせてしまったか」

そう言いながらふたりはゆっくりと歩み寄ってくる。そうしてアマーラを覗きこむと、ほう…、と感嘆のため息をついた。

「じつに見事だ。この花はそなたが？」

問われるままこくりと頷く。

「こっちの世界でこいつを咲かせるとはな……」

もう片方の男性も眉を寄せ、感心したように唸《うな》るばかりだった。

――もしかして、褒められてる……？

うまく事態が飲みこめないながら、総合的に判断するとどうやらそういうことらしい。

「そなたは、ほんとうに心根の美しいものなのだな。それが表にも現れている」

美丈夫が眩《まぶ》しいものを見るように目を細める。

おだやかな笑みの中、その眼差しが熱を帯びているように見えて思わずドキッとなった。

どうしてそんな目で見るんだろう。そして自分はどうしてしまったんだろう。目を逸《そ》らせないでいるうちに、胸がきゅっと苦しくなる。

どれくらい見つめ合っていただろう。野性的な風貌の男性が美丈夫を肘《ひじ》でつついた。

「俺は間違いないと思うぜ。こんだけの力がありゃ、アラバルカにも緑が戻るだろう」

「あぁ。私も確信した」

「決まりだな」

頷き合ったふたりがあらためてこちらに向き直る。

「おまえを探していた。やっと見つけた」

「そなたは、私たちが求めていた〈緑に愛されたもの〉そのものだ」

「え？　えと…、それはあの、どういう……？」

「気にすんな。どうせまた会う」

「遠からぬうちに私たちのもとへ迎えよう。それまで、どうか元気で」

「えっ、ちょ…、あの……っ」

追い縋る間もなく、ふたりの姿がふっと消える。

あとには実とアマーラの花だけが残された。

「今の、なんだったんだろう……」

まるで夢を見ていたみたいだ。思いついて撮った動画を再生してみたが、驚いたことにそこにふたりの姿は映っていなかった。彼らがいたはずの空間はぼんやりと暗く、実の声だけが再生される。姿も声もまるで残っていなかった。

「まさか、幽霊、とか？」

口に出した途端、ぞわっとしたものが背筋を伝う。できることならこの手の話は丁重に遠慮したい方だ。この動画をどうしたものかと思いながらもう一度見返してみたところでようやく、稀少《きしょう》な花の開花という決定的瞬間が撮れたことに気がついた。

「そっか。これ、大事なデータだった」

勢いに任せて消さなくてよかった。今はとにかく教授たちに伝えなくては。

急いで動画を編集し、サーバーに上げてメールを送る。

すると、あっという間に助手やゼミ仲間が駆けつけてくれて研究室は大騒ぎになった。

なにせ奇跡の代名詞のような花が咲いたのだ。教授やアマーラの持ち主からも昂奮気味な返事が届いた。

皆でお祝いだなんだと盛り上がっているうちに、ぞっとしたことなんて頭の中からきれいさっぱり消えてなくなり、目の前の花のことで胸がいっぱいになる。

――よく頑張ったね。ありがとう。

この子がちゃんと咲けてよかった。奇跡に立ち合うことができてしあわせだった。心の底からそう思う。

だからこそ考えもしなかったのだ。

この経験が、後に自らの運命を決定づけることになるなど――。

「ミノリ様。そろそろお目覚めの時間でございます」

控えめな声にはっとして目を開ける。慌てて飛び起きると、寝台の横にはアルが申し訳なさそうな顔で立っていた。

「おはようございます。よくお休みいただけましたか」

「おっ、おはようございます。すみません、その、寝坊して……」

「とんでもございません。お疲れのところを、私の方こそ申し訳ない思いでございます。ですが、サディーク様にお会いになる前に湯を使われてはと思いまして……」

それで少し早めに起こしてくれたのだという。

そういえば、昨夜寝る前にそんなことを言われた気がする。目まぐるしい変化についていくので精いっぱいで、最後の方は朦朧《もうろう》としながら聞いていたかもしれない。

でも、おかげでぐっすり眠れた。

そう言うと、アルはうれしそうに「それはよろしゅうございました」と目を細めた。

「楽しい夢をご覧になっておいでてでしたか？　寝顔がずいぶんと百面相を」

「えっ」

恥ずかしさに顔を覆う実に、アルがふふふと笑う。どうやらしっかり見られたらしい。

「サディーク様たちにはじめて会った時の夢を見たんです。僕が大学三年の時だったから……えーと、今から六年前かな」

「もう六年になりますか。私もサディーク様に伺っておりましたよ。〈緑に愛されたもの〉に会いに行くのだと、とても楽しみになさっておいででした」

聞けば、アルはふたりの元世話係だったのだそうだ。

「幼少の頃よりお世話をさせていただいておりました。といっても半分は遊びのお相手、あとの半分は稽古《けいこ》のお相手のようなものでしたが」

サディークと一緒に本を読んだり、ドュガと呼ばれるチェスに似たゲームに興じたり、かと思えばイザイルの剣の稽古につき合ったり、トレーニングメニューを検討したりと、目まぐるしい毎日だったのだそうだ。

「その頃からサディーク様は頭脳戦がお得意でいらっしゃいました。あらゆる戦局を想定した上で最善の策を摂る。古今東西の兵法について文献を集めよとおっしゃって、それを読んでは家臣たちと議論なさるのがお好きでした」

なんだか意外だ。そういうことはイザイルの専売特許かと思ったけれど。

考えていることが顔に出ていただろうか、こちらを見たアルがくすりと笑った。

「もちろん、イザイル様はそれはそれは剣の名手でございますよ。多少気性の荒いところもございますが……情に篤く、とてもおやさしい方なのです。軍を率いて出陣される時のお姿はいつ見ても胸が熱くなります」

「出陣……」

そういえば、サディークが言っていた。この国は近隣諸国から侵攻を受けていると。

「豊富な地下資源の眠るアラバルカを我がものにしようと、昔から争いが絶えないのです。先代の、そのまた先代の……もうどれほど諍《いさか》いが続いているのかもわからないほど」

アルがそっと目を伏せる。

けれど彼は、そんな気持ちを吹き飛ばそうとするように顔を上げ、にこりと笑った。

「この国の王は、民を守る武人です。それはひとりの人間が抱えるにはあまりに重たい。私たち家臣はその一端をお支えすることしかできません。ですから私は、ミノリ様にこの国に来ていただけでうれしいのです」

「僕、ですか？」

アルは深々と頭を下げる。

「サディーク様のお力になって差し上げてください。あの方は、あなた様にお会いできる日を長い間待ち望んでおいででした」

彼本人も同じことを言っていた。やっと会えたと。

――でも、僕で力になれることなんてあるのかな……？

なにせ生まれ育った土壌が違いすぎる。自分は勉強もスポーツも平均的な子供だったし、できることがあるとすれば、せいぜい植物を元気にすることぐらいだ。

アルは、そんな迷いをやわらげるようにあかるい笑顔で「さて」と手を打った。

「そろそろお支度をいたしませんと。かわいらしい寝癖もついていますし」

「えっ」

慌てて頭の後ろに手をやってアルに笑われる。

「どうぞこちらに」

勧められるままあたたかい湯で身体を清め、新しい服に袖を通した。それまで着ていたものを洗う間はこちらをと、アルが用意してくれた白い長衣とパンツだ。

そういえば、サディークたちも似たようなものを着ていたっけ。そう思って訊《たず》ねると、アルはこの国の伝統衣装なのだと教えてくれた。

長袖の長衣なんて暑くないんだろうかと思っていたが、これが着てみるとまったく逆で日射しを遮ってくれるので肌が痛くならないし、風を通す作りで気持ちいい。なるほど、暑い国ならではの知恵だ。せっかくなので、アルに頼んで頭にも布を巻いてもらった。

「よくお似合いですよ。ミノリ様」

「ありがとうございます。なんだか照れますね」

着慣れないせいか、鏡の中の自分はどうもぎこちない。サディークやイザイルのようにもっと颯爽と着こなせたらいいのに。

そう言うと、アルはおかしそうに噴き出した。

「あのおふたりが特別なのですよ。比べられたら国中の男が自信をなくしてしまいます」

「アラバルカの男性は皆この格好なんですか？　昨日お会いした方々も確か、灰色の服を着ていらっしゃったような」

「はい。これが一番動きやすく、暑さを凌《しの》ぐのによいのです。色に決まりはありませんが、現国王であるサディーク様が白色をお召しになっておりますので、我々はその色に敬意を払って避け、灰色を」

とっさに自分の服を見下ろす。そんなことを言ったらこれは着てはいけないのでは。

「サディーク様が、ミノリ様にこれをと」

慌てる実に、アルが笑顔で頷いてくれた。

「それなら、イザイル様は？」

「黒色がお好きなのです。鎧《よろい》も武具も黒で揃《そろ》えていらっしゃるぐらいですよ」

敵国からは『アラバルカを守る漆黒の武将』と呼ばれているらしい。黒で武装した部隊を見ると皆一目散に逃げるんだとか。

目を輝かせて語るアルからは誇らしげな気持ちが伝わってくる。心からふたりのことを尊敬しているんだろう。

そう言うと、アルはうれしそうに、そして少し照れくさそうにはにかみ笑った。

「私は親子二代で王宮にお仕えさせていただいている身でございます。父も私も、とても名誉なことだと思っております」

「そうだったんですか。アルさんのお父様なら、サディーク様たちが生まれる前のこともご存知なんですよね」

「前王にお仕えしておりましたからね。私もサディーク様やイザイル様のことは、ほんのお小さい頃から存じ上げておりますよ。おふたりとも立派になりになって……お父様を亡くされた悲しみをこらえ、この国をしっかりと守っておいでです。サディーク様などはお子様もお迎えになりましたし」

「……え？」

あまりにさらりと言われたので、うっかり聞き逃してしまうところだった。

「お子様？　サディーク様ってお子さんがいらっしゃるんですか？」

勢いこんで訊ねながらも、同時に「それもそうか」と納得してしまう。彼ほどの人なら伴侶《はんりょ》になりたいと願う女性は大勢いるだろうし、子供をもうけてもおかしくない歳だ。

「サディーク様はパパだったんですね。イザイル様もご結婚されてるんですか？」

「おふたりともご結婚なさっておりませんよ」

「え？　でも、サディーク様には子供がいるんですよね？」

それなのに、結婚はしていないという。どういうことなんだろうと首を傾げていると、まるで見計らったかのようにノックの音とともに部屋のドアが開いた。

「私のいないところで私の話か？」

「サディーク様。申し訳ございません」

「いや、いい。楽しそうだから私も混ぜてくれ」

慌てて頭を下げるアルを手で制してサディークが部屋に入ってくる。そうして実の姿を見るなり、正面に立って「ほう」と小さく感嘆の声を上げた。

「服を贈ったのに忘れていた。そなたは男性であったな」

「……それ、昨日も聞きましたけど」

頬を膨らませるのを見て、サディークはあかるい声を立てて笑った。

「すまない。どうも忘れてしまう」

「もう。どういう意味ですか」

サディークはお詫びのつもりだと右手を胸に当てて会釈をするように軽く頭を下げる。

そんな仕草も、彼の纏う高貴な雰囲気とあいまってとてもサマになって見えた。

「よく似合っている。着心地はどうだ」

「とてもいいです。僕が着ていたシャツよりずっと涼しいし、なにより軽くて。わざわざお手配くださったそうで、どうもありがとうございました」

「そうか。よろこんでもらえたらなによりだ」

花が咲くようにふわりと微笑まれる。

それにしてもハンサムな人だ。同性の自分が見惚れるくらいだから、彼を間近にしたら国中の女性が夢中になってしまうかもしれない。

「それで、ふたりでどんな話をしていたんだ？　私の内緒話か？」

サディークが悪戯《いたずら》っ子のように片目を瞑る。

「アルさんに教えていただいていたんですよ。サディーク様たちの小さい頃のこととか」

「おっと……。アル、くれぐれもみっともないことは話さないように」

「心得ております」

神妙な面持ちで笑いをこらえるアルに頷き、サディークはこちらに向き直った。

「それからミノリ。そなたも私に様なんてつけなくていい。サディークと呼べ」

「えっ。それはちょっと……みんなサディーク様って呼んでますし」

「イザイルは呼び捨てだぞ」

「双子の弟じゃないですか」

サディークはくすくすと笑いながら大きな手を伸ばしてくる。そうしてわずかに眼鏡にかかる実の前髪を払ってくれた。

「あ……」

自分のものとは違う、肌の感触。頬に触れられたのはほんの一瞬のことだったけれど、そこから甘いなにかが広がっていくような、不思議なくすぐったさを覚えた。

――なんだ、これ……。

はじめての感覚に妙にドギマギしてしまう。

きっと自分は今、とてもおかしな顔をしているだろう。それを間近に見られるのが恥ずかしくて、けれどとっさに気の利いた切り返しも思いつかなくて、実は「あ、あのっ」と声を裏返しながら顔を上げた。

「サディーク様……じゃなかった。えと、サディークのこと、さっきアルさんから伺ったんです。お子さんがいらっしゃるって」

サディークは一瞬驚いたように目を瞠った後で、すぐに「あぁ」と微笑んだ。

「昨日は生憎《あいにく》と熱を出していて、そなたには紹介できなかったな。イーリャという」

「ほんとうなんですね」

なんだかちょっと気が抜けた。それがどうしてか、自分ではわからないけれど。

「疑っていたのか？」

「いえ、すみません。自分でもよくわからなくて……。でも、お名前を教えてくださってありがとうございます。それと、お熱が早く下がりますように」

「ありがとう。数日のうちには挨拶もできるだろう。早くそなたに会わせたい」

サディークがうれしそうに笑うから、実もつられて笑顔になる。

そのあとは、王宮を案内してもらうことになった。

国王自らがガイドを務めるだなんて申し訳ないにもほどがあると辞退しようとしたのだけれど、サディークは頑として譲らなかった。アラバルカではいつもこうなのかと訊いてもお構いなしだ。

「大切な客人をもてなすのは当たり前のことだ」

この一点張りで、アルに助けを求めたものの肩を竦められるばかりだ。

「ここのところは緊張状態も緩和されておりますし、外交も落ち着いたようでしたので、逆にサディーク様の息抜きにもなるのでは……」

そんなふうに耳打ちされればますます断れない。できるだけ国政に影響のないように短時間でとお願いして、どうしても見せたいところに絞って案内してもらうことにした。

かくしてサディークに連れられ、アルと一緒に部屋を出る。

こうして王宮を見て回るのははじめてのことだ。

窓からの景色である程度想像はしていたものの、一歩外に出た途端、容赦ない日射しに言葉を呑んだ。頭から布を被《かぶ》っていなかったらすぐに日射病になりそうだ。予想を超えるハードな環境に、実は立ち止まって上を見上げた。

どこまでも続く真っ青な空。

風はあまりないが湿度が低く、カラリとしているのがせめてもの救いだ。生まれ育った日本の夏とは全然違う。それでも、黒縁の眼鏡が熱を溜めこむのは同じだけれど。

そんなことを思ううち、前を行くサディークがふり返る。

実はなんでもないと首をふりながら小走りにふたりに駆け寄った。

「まずは全体像を摑めるように敷地内を案内しよう」

そう言って連れていかれたのは宮殿の外だ。サディークは四方を指差しながら、ひとつずつていねいに教えてくれた。

「王宮は、天然の要塞を兼ねて切り立った丘の上に建てられている。あの赤い煉瓦《れんが》で造られた城壁の向こうは崖《がけ》、その下に街が広がっている」

「確か、窓から砂漠が見えました」

「あぁ。街の先には砂の大地がどこまでも続く。その遙か向こうに隣国カザがあるのだ」

それはアラバルカの隣人であり、悲しいことに敵国でもある。

「敵の侵攻を阻むため、我が国ではあらゆる策を講じている。そのひとつがこの王宮だ。宮殿を敷地の中心に置き、それを囲むようにして軍隊や厩舎《きゅうしゃ》、臣下の住宅を連ねている。小国ゆえに城塞の性質を備えているんだ」

王宮に攻め入るだけでも難儀する上、いざ敷地に入ってからも何重もの守りに阻まれ、おいそれとは宮殿に近づけないようになっているのだそうだ。

なるほどと頷きながらサディークについて行く。

一行がちょうど軍隊の本部である軍部の前を通りかかった時だ。

「どうした。揃ってぞろぞろと」

向こうから黒い長衣を纏ったイザイルがやって来る。日課である訓練の帰りだそうで、王宮内の案内をしていると伝えるサディークに「面倒見のいいこった」と肩を竦めた。

「せっかくだからおまえもどうだ」

サディークの勧めに、イザイルの眉間には瞬く間に皺が寄る。

「また俺を巻きこむ気かよ」

「軍部や厩舎のことはおまえに説明してもらうのが一番いいと思ってな」

「どんだけ人使いが荒いんだ、うちの国王様は」

ブツブツと文句を言いながらもやはり思い入れは強いようで、イザイルの怒濤《どとう》の解説がはじまった。馬を間近に見たこともなければ、武器なんて持ったこともない実にとって、見るもの聞くものすべてが新鮮で驚かされる。試しに構えてみるかと手渡された剣が想像の数倍は重たくて、これをふり回すなんて自分には絶対無理だと確信した。

「これでも一番軽いやつなんだがな」

「信じられない……」

「片手で馬を操って、もう片方の手で剣をふるうんだ。もしくは両手で弓を射るとかな」

「イザイルは弓の名手でもあるんだ。私などとても敵《かな》わない」

サディークがうれしそうにつけ加える。後ろに控えていたアルも「私の言ったとおりでしょう？」と言わんばかりに頷いた。

「すごいです。同じ男なのに、僕なんかとは全然違う……」

「毎日鍛えてりゃな。まぁ、おまえが剣や弓を使う機会はない。戦いは俺に任せておけ」

そんな話をしていたところへ、灰色の長衣を纏ったものたちが通りかかる。イザイルの部下たちだろうか、皆必ず立ち止まり、司令官に向かって最敬礼を捧げている。先ほどのアルと同じく尊敬の眼差しでイザイルを見上げているのを見て、漆黒の武将が皆にとって誇りなんだということがよくわかった。

――ほんとうに、すごい人なんだな……。

実力がものを言う世界で、こんなふうに羨望《せんぼう》の眼差しを集めるなんて。

思わずじっと見ていると、そんな実の視線に気づいたのか、こちらを向いたイザイルが口端だけでふっと笑った。

「……え？」

不意を突かれたせいか、思わずドキッとしてしまう。これまであまり表情を崩すことがなかったばかりか、笑っているところなんてはじめて見た。もしかして見間違いではと瞬きをくり返しているうちにイザイルはあっという間にいつもの仏頂面に戻ってしまった。

——もっと見たかったな。

なんだかもったいない気がした。

それがどうしてかと問われれば、自分でもよくわからないけれど。

「ミノリ」

「あ、はい」

サディークに呼ばれるまま、彼に駆け寄る。

照りつけるような日射しを逃れて宮殿の中へ一歩入ると、ひんやりとした空気が身体を包んだ。さっきまでの火照《ほて》りが嘘のようだ。冷たい漆喰の壁に触れるたび、繊細なレース模様を思わせる天井装飾を見上げるたびに、暑さに喘《あえ》いだ気持ちも少しずつおだやかさを取り戻していった。

静謐《せいひつ》な美しさで満ちた中を順番になって歩く。

宮殿の中心には中庭があり、庭に面した四方を生成りの大理石円柱がぐるりと取り囲んでいた。ひとつひとつが存在感のある立派な柱だ。それらが鍾乳石飾りの美しいアーチでつながっている。この世のものとも思えない見事さに、ここが異世界なのだと思わずにはいられなかった。

「なんてきれい……」

「気に入ったか」

足を止めたサディークがうれしそうにふり返る。

「宮殿は王の執務兼王族の生活の場だ。大抵のものはこの中にある」

謁見室や客間、食堂だけでなく、私室に祈祷《きとう》室、さらには軍事会議や裁判といった統治を行う部屋まであるのだそうだ。執務に使われる部屋にはそれぞれ名前がついており、中でも王の間は『緑の間』と呼ばれていると聞いて、俄然《がぜん》興味が湧いた。

「さぁ、ここだ」

いくつもの部屋を見せてもらい、最後に王の間に案内される。

いつもサディークが采配《さいはい》をふるっている場所だ。重厚な扉が左右に開かれると、そこは一面息を呑むほどの深緑色で覆われていた。

「わぁ……！」

驚いた。こんな場所がこの世に存在するなんて。

四方の壁はすべて漆黒の闇《やみ》を吸いこんだような深緑色のタイルで覆われ、エメラルドで飾られている。眩《まばゆ》いほどの美しさに実は言葉も忘れ、ただただ感嘆のため息を洩《も》らした。まるで深い森の中にいるようだ。ここでは思う存分息ができる。

そう言うと、サディークはわずかに目を瞠ってから、なぜか小さく嘆息した。

「そなたにとって、ここは生きにくい世界かもしれないな」

「どういうことですか？」

「この国には、緑がないのだ」

「緑が……ない？」

地球上で植物が育たない場所なんて限られている。人が生活できる圏内なら雑草ぐらい生えるだろうに。

首を傾げる実に、サディークは「長い話になるが」と前置きして話しはじめた。

「アラバルカは、かつて緑豊かな小国だった。私の先代の、先代の、そのまた先代の……六代の王を遡る頃だ。この土地を訪れた異国の商人が緑豊かな大地に心を奪われ、祝福を捧げた。その言葉がそのまま国の名になっている」

まだ国の境も曖昧《あいまい》で、争いが絶えなかった時代。

戦争のたびに木々は伐採され、田畑は焼き払われた。それでも祝福の大地は新しい芽を育み、何度でも再生してきたのだという。

「アラバルカは祝福であり、希望であり、命をつなぐことそのものだ。そして王族だけに名乗ることを許された名だ。王が民の命を守り、民は王を支える。その誓約の証《あかし》として」

サディークは己に言い聞かせるように言葉を紡ぐ。

「それならどうして、緑が……」

「失ったのだ。民の命と引き替えに」

思いがけない言葉に実ははっと息を呑んだ。

「今は国土のほとんどを砂で覆われている。命の糧になるものなど、なにを植えても育つことはない。呪《のろ》われた大地とさえ揶揄《やゆ》されるほどだ」

「反面、資源は豊富だがな。地上がダメでも地下がある。そのせいで諍いが絶えないのが面倒だが……」

眉間に皺を寄せるイザイルに、サディークは苦笑を返した。

「私たちに唯一残された財産だ。ほんとうにありがたいことだ」

「いつまでも保《も》つものじゃないがな」

イザイルがため息をつく。

サディークは光り輝くエメラルドに触れながら、どこか遠くを見るように目を細めた。

「この国には緑がない。椰子《やし》も花も、なにもかもだ」

――そういえば……。

王宮を案内してもらっている間、景観を整えるための木も、目隠しのための生け垣も、心を癒やす花もなにひとつ目にすることがなかった。要塞然とした造りに圧倒されてそちらにばかりに目が行っていたけれど、よく考えれば人工的な建物しかなかったのだ。

あらためて、その異様さにぞくっとなる。

「どんなに美しい人工物も本物の緑には敵わない。だから私は、いつかこの地に再び緑を取り戻すという決意をこめて、王位を継いだ時に王の間を改装させたのだ」

自分自身への戒めだとサディークは唇を引き結んだ。

「緑は、我々人間が生きる上で欠けてはならないものだ。ゆえにミノリ、そなたの〈緑に愛されたもの〉としての力をどうか私たちに貸してほしい」

「僕でお役に立てるならいくらでも。……ただ、どうしたらいいか……」

「案ずるな。方法は見つかる」

「アマーラを咲かせたくらいだろ」

イザイルの言葉に、ぱっとそちらをふり返る。

「あの花の名前、ご存知だったんですね」

「そりゃ、こっちにもあるからな」

「ほんとうですか！」

思わず駆け寄ると、黒尽くめのその人はなぜか眉間に皺を寄せた。さっきまでの深刻な顔とは違う、ムッとしたような表情だったけれど、そんなのちっとも気にならなかった。

「アマーラがここにもあるなんて……」

咲かせるのが難しいことで有名で、マニアの間では『幻の花』とさえ呼ばれた希少種だ。実も研究室を通して一度世話をさせてもらったことがあったが、開花後はすぐに持ち主に返すことになり、結局それっきりになっていた。

あの美しい花をまたこの目で見られるかもしれない。夜を統べるように凛と咲く、誇り高き花の女王を。

そう思ったらついつい頬がゆるんでしまい、「ふふっ」と笑い声まで洩れてしまった。

「なんだこいつ。いきなり元気になりやがった」

「だってこの国には緑がないって……だから植物に触れることはできないだろうと思ったところでしたから。なのに、アマーラがあるなんて」

「よろこんでもらえてなによりだ。専用の温室で育てているんだが、行ってみるか」

「はい。ぜひ！」

力強く頷く実に、サディークがうれしそうに口角を上げる。

かくして一行は王の間を出て、温室があるという中庭に向かうことになった。

その途中、通りかかった部屋の扉に実はふと足を止める。

「そういえばこれ、木製ですよね」

アラバルカに木はなかったはずだけど。

首を傾げていると、数歩先で立ち止まったサディークがふり返って微笑んだ。

「ミノリは察しがいいな。そのとおり。他国から木材を取り寄せている」

「そうだったんですね。……植物がないと聞いて寂しい気持ちもありましたけど、自然の中にあった時とは別の形で、こうしてアラバルカに溶けこんでいるんですね」

木は切られても生き続ける。たとえ形が変わったとしても、そこに息づく木のぬくもりに変わりはない。

「なるほど。自国で賄えないことを心苦しく思っていたが、形を変えて生き続けるという考え方もあるのだな」

サディークは眩しいものを見るように目を細め、それからしみじみと頷いた。

「〈緑に愛されたもの〉は、緑を愛するものでもあるのだな」

「そんな大したものじゃありませんよ。ですが、小さな頃から植物は僕の興味の中心でした。ずっと緑のお医者さんになりたいって思ってたんです」

「ほう。それは詳しく聞かせてくれ」

再び歩き出したサディークと肩を並べながら、実はあらためて口を開く。

「人が怪我《けが》をしたり、病気になったらお医者さんに看てもらいますよね。動物も、動物を治すお医者さんにかかります。それと同じように、植物を治すお医者さんがいるって知って――あ、僕のいた世界では、ですが……」

「あぁ、想像できる。この国にも医者や獣医はいるからな」

「僕は植物が好きでしたし、緑を元気にしてあげられる仕事がしたいなと思って、それで樹木医になったんです。まだまだ駆け出しでしたけど楽しかったですよ」

一口に樹木医と言っても、その活動は多岐に亙る。

街路樹や公園など、街にある樹木を診断して悪いところを治したり、樹齢百年を超える桜の大木を保護したり。講演会やインタビューを受けて、樹木を大切にしてもらうための啓発活動をすることもある。林間学校に同行して子供たちに木の大切さを知ってもらうのも大切な仕事のひとつだ。

自然を相手に試行錯誤をくり返すことは、難しくもあり、楽しくもあった。

病気で苦しんでいた木が治療によって再び葉を茂らせたり、朽ちかけていた桜が再び満開の花をつけたりするのを見るたび、胸が熱くなった。経過観察期間が過ぎたあともたびたび現場に足を運んでは、幹を撫でながら話しかけてしまうのだった。

「植物は人間と同じ言葉は喋《しゃべ》れません。でも、伝えることはできます。枝ぶりを変えたり、幹の一部を変形させたりして、動物と同じように態度でメッセージを伝えてくれるんです。それを汲み取るのが僕の仕事です」

一息に話し終えると、サディークやイザイル、さらには後ろにいたアルまでもが一様に驚いた顔をした。

「なるほど、態度でか……。そんなふうに考えたことはなかった。なぁ、イザイル」

「俺たちには馴染みの薄いもんだしな。あいつはどうだろう」

「あいつ？」

きょとんとしていると、サディークが「温室の管理を任せている男がいるんだ」と教えてくれた。

「ラハトというものだ。とても熱心で、他国に学びに行ってはその知識を生かして温室をよりよくしてくれている」

「通称〈鳥籠《とりかご》の番人〉ってな」

「鳥籠の、番人……」

「あぁ、見えてきた。あれだ」

サディークが指差した先にガラス張りの建物が見える。中庭のちょうど真ん中、大きな鳥籠の形をしているものが温室だろう。

「だから鳥籠なんですね」

「大切なものがなくならないようにな」

「え？」

サディークの言葉に小さな引っかかりを感じたものの、「さぁ」と扉を開けられ、すぐに興味はそちらに移ってしまった。

「わぁ……」

中に足を踏み入れた途端、風の音がぴたりと止《や》む。室内は心地よい温度に保たれていて、湿度も外とは比べものにならないぐらいだった。

中央には背の高い棗椰子《なつめやし》が枝を広げ、その周囲を取り囲むようにして大小様々な植物が配されている。地上部の高低差やそれぞれの植物が根を張る範囲など、よく考えられた植え方だ。直射日光を避けるようにして奥にはアマーラの鉢も見えた。

この国の人たちは身近に植物がない環境で生まれ育つのだろうに、よくぞここまで整えたものだ。管理を任されたというその男性も心から緑を愛しているに違いない。

清々《すがすが》しい気持ちで温室の中をぐるりと見回した時だ。

「サディーク様」

ひとりの男性がこちらに向かってきた。

アルと同じく灰色の長衣を纏い、同色の布を頭から被っている。布の間からチラと覗く白金の髪が褐色の肌によく映えた。無駄なものを削《そ》ぎ落したようなシャープな輪郭に鋭い眼差し。どこか神経質そうな薄い唇はまっすぐに結ばれている。

すぐ目の前まで駆けてきた男性は、服が汚れるのも厭《いと》わずその場に片膝をついた。

「お迎えもせず申し訳ございません。サディーク様自らお運びくださるとは、どのようなご用向きでございましょうか」

「仕事の邪魔をしてすまない。少し中を見せてやってくれないか」

男性に立ち上がるよう促したサディークがこちらをふり返る。

「ミノリ、紹介しよう。〈鳥籠の番人〉のラハトだ。この国でこのもの以上に植物に詳しい男はいない」

「サディーク様」

ラハトが驚いたように首をふる。それでも褒められてうれしかったのだろう、鋭かった目元が少しだけゆるんだ。

「ラハト。彼はミノリだ。昨日私がこの国に迎えた」

正式な紹介を受けて、実は一歩前に踏み出す。

「はじめまして。葛木実です」

「ラハトと申します」

ていねいに頭を下げたラハトだったが、どこか飲みこめないというようにサディークを見上げた。

「畏れながら、迎えた、とおっしゃるのは……」

「彼が〈緑に愛されたもの〉なのだ」

「……っ」

ラハトがはっと息を呑む。なぜか顔を強張《こわば》らせた相手に実が戸惑っていると、サディークにぽんと背中を叩かれた。

「そなたの大好きな場所だろう。存分に見て回るといい」

そのまま肩を抱いて奥へと案内される。少しだけ後ろ髪引かれる思いもあったものの、「まずは思い出の花を見せよう」と言われた瞬間、そちらに興味が移った。サディークが指差した先にあったのは懐かしのアマーラだったからだ。

「わぁ」

膝ほどの棚の上に鉢が三つ並んでいる。一鉢でも貴重と言われる珍しい花を三つ一度に見られるなんて思ってもいない幸運だった。

引き寄せられるように鉢に駆け寄る。

葉の数や大きさといい、色艶といい、とても状態がいいようだ。大きめのゆったりした鉢のおかげで根ものびのび育っているだろう。地上部の茎はやや細めで、実が世話をした個体よりもずっと高い位置に小さな蕾がついていた。

「立派ですね。とても元気そうです」

「見ただけでわかるのか」

「葉の様子を見ても健康そのものですし、大切にされているのがわかります」

「そうか」

サディークが満足気に頷く。

「あの、少し触らせていただいてもいいですか」

ラハトを見ると、彼はサディークに視線を向ける。王の許可が必要ということかもしれない。実もつられてそちらを向くと、サディークは「構わない」と頷いてくれた。

実はそろそろと葉に手を伸ばす。

手触りは硬くしっかりとしていて、葉裏も健康そのものだ。土もほどよく湿っているし、匂いもいい。鉢を持ち上げてみたがずっしりと重く、頑丈そうで安心した。

「僕が世話をしていたアマーラよりだいぶ丈が長いようです。発芽してからずっと温室の中で大切に育てていらっしゃるからですね」

「それは、どういう意味だ？」

「温室の中では風が吹きません。風による接触刺激を受けずに育つと、こんなふうに背が高くなるんです」

土に植えられた種は、発芽すると同時に土に接し、『接触』という刺激を感じる。地上へ出るには被っている土を押し退けなければならないが、その土が多ければ多いほど強く接触刺激を受け、それによって植物の中にエチレンという気体が発生する。そうすると茎の伸張が抑制され、代わりに太く育つのだ。

「風だけでなく、人が触っても刺激になります。ラハトさんは葉や茎には触れずに育てて

こられたんじゃないかと」

実の言葉にラハトが頷く。

「植物は、自分が支えられる大きさの花を咲かせます。そうじゃないと倒れてしまいますから……。背の高い植物は小さな花を咲かせます。逆に、大きな花を咲かせたいなら丈を抑えて茎を太くした方がいいんです。僕のいた日本ではこの方法で菊の花の大きさを競うこともありますよ」

大輪の菊を愛《め》でる菊祭というものがあると言うと、サディークは驚いたように「ほう」と唸った。

「人の手で花の大きさを変えられるものなのか」

「僕もはじめて知った時は驚きました」

それでいっそう興味を持ったのだ。

「植物は本来、自然の中にあるものです。雨風を受けたり、昆虫や動物に触れられたりと、たくさんの刺激を受けながら育ちます。彼らは周囲の環境や条件に応じて驚くほど多様に変化してきました。その仕組みを理解することで、よりよく育ててやることができます」

「なるほど、これは勉強になった。……参考までに訊かせてもらえたらうれしいんだが、そなたの言う方法で育てると、やはり種も大きく丈夫になるだろうか」

「種、ですか？」

「アマーラの種だ」

　サディークは腰に提げていた袋から小さな粒を取り出す。形は丸くつるりとしていて、飴色《あめいろ》をしたきれいな種だ。

「わぁ！　これがアマーラの種なんですね。実物を見るのははじめてです。へぇ、こんな形なんだぁ……。あの、あの、ちょっとだけ触ってもいいですか？　持ってみても？」

　そわそわしながら顔を上げた実は、目を丸くしているサディークを見てはっとなる。

「あっ。す、すみませんっ……」

　ひとりで昂奮してしまった。顔が熱くなるのが恥ずかしくて手の甲で口元を覆い隠すと、少し遅れてサディークがぷっと噴き出した。後ろでイザイルやアルも笑っている。

「そこまで興味を持ってもらえたなら、育てたラハトも番人冥利《みょうり》に尽きるだろう」

　手渡された貴重な種をしっかりと目に焼きつけてからサディークに返す。今日は素敵な日だと礼を言うと、なぜかまたも笑われてしまった。

「アマーラは毎年大切に育てている花だ。もし、もっと大きく立派な種が取れるのなら、そなたの言う方法を試すのもいいかもしれない」

「発芽の段階から刺激を与えるわけですね。それなら、新しく種を植える際に検討されてはいかがですか？」

「サディーク。ちょうどいいじゃないか」

それまで黙って聞いていたイザイルが話に加わる。

「ちょうど四鉢目を植える話をしてただろう。それで試してみたらどうだ」

毎年ひとつの株からひとつずつ、合計三つの種を採取していたが、そのうちのひとつを植えて数を増やそうと計画していたのだそうだ。

「次はどれだけ大きな花が咲くのだろうな。楽しみだ」

「ほんとうですね」

「アマーラが花をつけるまで数年はかかりますよ」

さっそく浮き足立つ実たちをラハトが「気が早い」と窘める。それでも、将来のことを考えると心が躍った。

「それにしても……まさかアマーラの種を見られるとは思いませんでしたし、アマーラが受粉しなくても実が成る種類だってことも知りませんでした。とても貴重な情報です」

「そうか。よろこんでもらえたらなによりだ。それは珍しいことなのか？」

「そうですね。身近な野菜だとキュウリとか、シシトウとか……、あとピーマンも受粉が不要です……って、食べたことありますか？　輸入できるのかな。キュウリはカリウムが豊富なので暑い時にいいですよ。放っとくとお化けキュウリになっちゃうんですけど」

懐かしい思い出についつい頬がゆるむ。子供の頃は夏休みのたびに祖父母の家に遊びに行き、毎日畑仕事を手伝った。毎年どれだけ大きなキュウリが採れるかと楽しみにしていたものだ。

「当時のそなたも、今のようにきらきらした目で夢中になっていたのだろうな」

「祖父母も両親も応援してくれましたから。今はもう、みんないなくなりましたが……」

「それは…、申し訳ないことを聞いた」

わずかに眉根を寄せるサディークに、実は慌てて首をふる。

「サディークのせいじゃありません。それに、両親たちのおかげで今の僕があるって感謝してるんです。――――子供の頃って無邪気な疑問ばっかり思いつきますよね。なんで芽は上に出るのとか、植物は立っていられるのとか。そういうのに正面から向き合ってくれたのが両親でしたし、祖父母だったんです。だから僕は研究も好きですが、こうして植物のお話をするのもすごく好きです。自分の原点に立ち返るみたいで」

ちょっと照れくさいけどほんとうの気持ちだ。

小さな声でつけ加えると、サディークは微笑みながら頷いてくれた。そうして促されるまま、日が燦々《さんさん》と差しこむ中を外周に沿って歩きはじめる。深呼吸をするたび緑の匂いが肺をいっぱいに満たしてくれるのが心地よかった。

「そなたは緑そのものだな。ここにいると生き生きとする」

「ふふ。自分でもそう思います」

なごやかに話していたところでふと、サディークが立ち止まる。どうしたのかと思って見ると、視線の先には今まさに芽が出たばかりの鉢があった。

「先ほど言っていたな、なぜ芽は上に出るのかと。そなたに言われるまで考えたこともなかった」

「太陽の光がある方だからじゃないのか？」

イザイルも隣にしゃがみこみ、指で新芽をツンとつつく。

「普通はそう思いますよね」

「なんだよ。違うのか」

「ラハトはわかるか？」

「いいえ。私にも……」

サディークはラハトやアルに問いかけるが、皆首をふるばかりだ。「早く答えを言え」と目で迫るイザイルに気圧《けお》されつつ、実は両手で地面を指した。

「答えは、植物が重力を感じているからです」

「重力だぁ？　ほんとかよ」

「ほんとうですよ。だって考えてみてください。地中に埋められた状態で、どっちが光の差す方向かなんてわかりませんよね。それでも地表に芽が出るのは、地球がものを引きつける力と真逆の方向に伸びようとする『負の重力屈性』という性質があるからなんです」

反対に、根は重力と同じ方向に伸びようとする『正の重力屈性』という性質を持つ。そのおかげで地中の養分や水分を吸い上げることができるのだ。

「せっかくなのでもうひとつ、おもしろいことをお教えしますね」

そう言って、すぐ傍に立つ棗椰子の幹に手を触れる。

「この木は、どうして立っていられると思いますか？」

「なんだと」

「これはまた思いがけない問いだな」

イザイルもサディークも興味津々といった面持ちだ。アルも後ろで目を輝かせている。

ラハトは眉間に皺を寄せ、答えを考えているふうだ。

「人間が立っていられるのは、僕たちの身体に骨があるからです。でも、この棗椰子に限らず植物には骨がありませんよね。それなのにちゃんと立っています。木も、草も、花もみんな――それは、細胞の構造に秘密があるんです」

動物の細胞は細胞膜という薄い膜で囲まれている。

一方の植物は、その外側にさらに細胞壁という厚く丈夫な仕切り壁を持っていて、それらを積み重ねることで自らの身体を支えているのだ。

「よくできていますよね。骨の代わりに細胞壁が機能してるなんて……。こうして動物との違いを掘り下げることもまた、興味深いテーマのひとつです」

しみじみと語り終えてから顔を上げると、四人はぽかんとしていた。

それを見た瞬間、実ははっと我に返る。

「ごっ…、ごめんなさい。また調子に乗って……」

やってしまった。さっきもひとりで昂奮したばかりだというのに。

慌てて謝る実に、一拍遅れてサディークとイザイルが噴き出した。

「そう萎縮《いしゅく》するな。そなたの話がおもしろくて聞き入っていただけだ。なぁ、イザイル」

「あぁ。伊達《だて》にアマーラは咲かせちゃいないわけだ」

「とてもわかりやすくて、ためになりました。ミノリ様のお話、私ももっとお聞きしたく思いましたよ」

「アルさんまで……。そう言っていただけるとほっとします」

胸を撫で下ろす実の横でラハトがさっと踵《きびす》を返す。その横顔がどこか歪《ゆが》んでいたように見えて気になったのだけれど、サディークたちに「続きを見て回ろう」と促され、結局はうやむやになってしまった。

日も西に傾きはじめる頃、ようやくのことで〈緑の鳥籠〉の見学を終える。広い王宮の中でも特に時間をかけて、隅から隅までたっぷりと堪能《たんのう》させてもらった。

「見せてくださってどうもありがとうございました」

見送りに出てきてくれたラハトに頭を下げる。

番人は細い目をさらに眇《すが》め、強張った表情で一礼を返した。

「〈緑に愛されたもの〉は、言わば神の申し子。そのような尊い御方のお目に適《かな》うものがありますれば幸いに存じます」

「え？」

「私などまだまだ井の中の蛙《かわず》。まるで足元にも及ばぬと深く反省した次第でございます」

睨みつけるような眼差しにぞくっとなる。無意識に怖いと思ってしまい、そんな自分に気がついて実は慌てて己を叱《しか》った。

――そんなこと思うなんて失礼だ。

それでもどうしてだろう、冷たい手で背筋をすうっと撫でられたような、ぞくぞくする感覚が消えない。実がなにも言えないでいる間にラハトはサディークに向き直り、地面に膝をついて頭を垂れた。

「我が国唯一の温室をお任せいただくことは、私にとって無上の悦《よろこ》び。サディーク様の御ために身を捧げる覚悟でございます」

「忠実な臣下を持って私はしあわせものだ。これからもよろしく頼むぞ」

「サディーク様……」

ラハトがぱっと顔を上げる。王を見上げる眼差しには一点の曇りもない。

けれど、続くサディークの言葉にその表情は真逆のものに変わった。

「先ほどそなたも申したように、ミノリは特別な存在だ。私の大切な客人として迎える。

潜んでいるようで気になった。

「……かしこまりました」

そのつもりでいるように」

ラハトの薄い唇が強く引き結ばれていくのをじっと見つめる。そこになんらかの感情が潜んでいるようで気になった。

――どうして、あんな表情を……。

彼が植物だったらその気持ちも少しはわかるだろうに、自分ときたら昔から人の心の機微に疎い。それをこんな時に痛感する。

「ささ、サディーク様。イザイル様。ミノリ様も、そろそろお戻りくださいませ。夕食のお時間でございますよ」

アルの声にはっとした時にはもう、ラハトはもとの表情に戻っていた。

なんとなく釈然としないものを抱えつつ外に出る。

その途端、ひんやりとした風に頬を撫でられ、思っていた以上に時間は経っていたのだと気づかされた。灼熱の太陽は赤く燃え、中庭の白壁を染め上げていく。昼間はあんなに暑かったのが嘘のようだ。

「夜は冷える。早く戻ろう」

サディークが微笑みながらそっと肩を叩いてくれた。

逆光を背負った彼の白い歯がやけに眩しい。亜麻色の髪が光に透け、輪郭をきらきらときらめかせた。

――なんて美しい人だろう……。

息をするのも忘れて見入る。女性的なところなんてひとつもないのに、どうしてだろう、サディークには美丈夫という言葉がよく似合った。雄々しく、気高く、言葉を呑むほどに美しい人。

「ミノリ？」

じっと見つめていたせいか、どうかしたかと顔を覗きこまれて実は慌てて首をふった。

「な、なんでもありません。……それより今日は、王宮を案内してくださってありがとうございました。貴重なものをたくさん見せていただきました」

「礼を言うのはこちらの方だ。私たちもそなたのおかげで楽しかった」

「案外賢いってわかったしな」

「こら、イザイル」

サディークが睨みを利かせたものの、イザイルはどこ吹く風だ。ひょいと肩を竦めると彼は身体ごとこちらに向き直った。

「こんな毎日ならいいんだけどな。なにせ国の外は敵だらけだ。王宮の中にいるとはいえ油断はするなよ。やつらはいつ攻めてくるとも限らない」

大きな手が伸びてきて、髪をくしゃりとかき混ぜられる。

真っ赤な夕日を背負って仁王立ちするイザイルには覇者としての貫禄があった。そんな相手に髪に触れられ、かき回されて、自分が被捕食者になったような気分になる。

思わず首を竦めると、イザイルはふっと笑いながら手を離した。

「そうビビるな。失礼なやつだな」

「あ、あの……」

「おまえが怖がらせるからだろう。それに、敵の侵攻など怖《おそ》れるに足らない。私たちには漆黒の武将がついている。そうだろう？」

サディークが得意げに片目を瞑る。

「愚問だな」

イザイルはなぜか顔を顰め、ぷいとそっぽを向いた。傍《はた》から見たら機嫌を損ねたようにしか見えず、ひとりハラハラしていた実だったが、「大丈夫ですよ。照れていらっしゃるだけですから」とアルが言うのでそっとしておくことにした。

国を思い、民のために生きるサディーク。

国を守り、兄を支え続けるイザイル。

「兄弟っていいですね。僕はひとりっ子なので、おふたりがうらやましいです」

「ならば、そなたも加わればいい」

「サディークったら」

さも当然のように返され、おかしくなって笑ってしまった。

「まぁ兄弟というのは無理でも、ともに暮らすことはできる。そなたには見せたいものがたくさんあるのだ。しばらくここにいてはもらえぬか。植物の相談にも乗ってもらえたらうれしいのだが」

「あ……」

そうだった。〈緑に愛されたもの〉として力を貸してほしいと言われていたっけ。

それに、四鉢目のアマーラも気になる。温室には見たことのない植物がたくさんあったから、その生態も観察してみたい。こうなると俄然植物オタクの血が騒ぐ。好奇心と使命感がムクムクと湧き上がってきて、実は思いきって頷いた。

「僕でよければ」

「いい返事が聞けてよかった。感謝する」

サディークと握手を交わしながら広々とした中庭を見渡す。

夕焼けの遙か上空には、あの日咲いたアマーラのような夜の色が迫っていた。


実が植物の知識に長《た》けているという話は、あっという間に王宮中に知れ渡った。

温室でのやり取りをラハトが役人に話し、そこから大臣たちに伝播していったらしい。

かつて実を値踏みするような目で見ていた重鎮たちは、それをきっかけにいともあっさり態度を変えた。

「我が国一と言われた〈鳥籠の番人〉ですら敵わないほどの博識ぶりとは、さすが〈緑に愛されたもの〉。これぞアラバルカに幸いをもたらす光となりましょう」

重鎮たちはそう言って実を持ち上げようとする。サディークにゴマを擂《す》り、イザイルのご機嫌を伺い、実を迎えたのはさも英断だったとでも言うように。

代わりに扱《こ》き下ろされたのがラハトだ。夕食後、サディークたちとお茶を飲みながら実は小さなため息をついた。

「こんなことになるなんて……」

これまでもボランティアなどで披露するとよろこばれるネタだったので、軽い気持ちで話したことがまさか、回り回ってラハトを侮辱することになるなんて。

「ミノリ」

知らず俯いていたのだろう、サディークがやさしく背中をさすってくれた。

「そんな顔をするな。そなたのせいではない」

「でも」

「私は腹立たしく思っているのだ。自分たちに有益だとわかった途端、手のひらを返したようになる大臣や、その取り巻きたちが」

サディークが珍しく語気を強める。

イザイルも険しい顔で「わかってたことだろ」と吐き捨てた。

「あいつらは国の伝統ってやつが大事なんだ。それ自体には賛成だが、変化を嫌うのには賛同しかねる。新しいことをやろうとするたびブーイングの嵐《あらし》なんだからな。それがこの国にとって、どんなに必要なことだったとしても」

「変化にはエネルギーが必要だ。時には大きなストレスにもなる。それを嫌っているのだろう。彼らの気持ちはわからなくもないが……」

「それで国が倒れたら元も子もない」

苛立《いらだ》ちを隠しもせずにイザイルが切って捨てる。

小さく嘆息したサディークは、あらためてこちらを向いた。

「アラバルカの国史は、近隣諸国の侵攻を食い止めてきた戦いの歴史でもある。だが私は争いはもう終わらせるべきだと思っているんだ。無論イザイルもだ」

「よろこんで死にたいやつなんてひとりもいない。そいつらにだって家族はあるんだ」

イザイルが乱暴に髪をかき上げる。いくつもの戦場を経験してきた彼だからこそ、募る思いがあるのだろう。

「私は同盟を結ぶべきだと考えている。力ではなく、平和をと。だがそれすら『敵の思いどおりになるなどと』と反対され続けてな……。正義とはなにか、時々わからなくなる」

「サディーク……」

ため息をつく彼を励ませるだけの言葉が出てこない。苛つくイザイルを宥《なだ》める言葉も。彼らの歯痒《はがゆ》い思いは聞いている実にもよくわかった。

ただでさえ、人間は年齢を重ねるほどに変化を嫌うようになる。大臣やその取り巻きと呼ばれる人らには、自分たちがこの国を守ってきたという少なからぬ自負もあるだろう。だからなおさら新しいことは受け入れられにくい。異世界から人間を召喚するなど、その最たるものだ。

自分を呼ぶにあたって、ずいぶん反対されたんじゃないかと思いきって訊ねてみると、サディークは問いを肯定するように顔を顰めた。

「そなたにはなんの落ち度もないのに、嫌な思いをさせてすまない」

「いいえ、僕は気にしていません。それよりも、反対されたのにどうして僕を……？」

以前、サディークには〈緑に愛されたもの〉の力を期待してのことだと聞いた。それはどういう意味だろう。

じっと見上げる実を前に、ふたりが顔を見合わせる。

「そろそろ話さなくてはな」

そう言って身体ごとこちらに向き直ったサディークに、大事な話がはじまるのだと実も慌てて居住まいを正した。

「長い話になる。そしてこれは、アラバルカの成り立ちから話さなくてはならない——王の間で伝えたことを覚えているか」

　この国には緑がない。だからこそいつか緑土を取り戻すという固い決意の表れとして、王の間を改装させたのだと。

「この国の王は、即位と同時に力を授かる。六代前から続く習わしだ。近隣諸国からの度重なる侵攻を受け、このままでは国の存続に拘《かか》わると危機感を募らせた当時の王が神殿で祈りを捧げ、アラバルカの神より力を賜った」

　サディークの言葉に、王宮の外れにあった石造りの古い建物を思い出す。とても神聖な場所だと言われ、案内の時は遠慮させてもらっていたが、あれは神殿だったのだ。

　王が祈りを捧げるために使用され、儀式や祈祷の際は神官が付き従うという。

「その際、当時の王は大変な選択を迫られた。神官から『国の大切なものと引き替えに、特別な力を授ける』との託宣を受けてな」

「大切なもの……？」

「今も昔も変わらない。国にとって、一番大切なものは民だ」

　迷いのない口調にギクッとなった。

　引き替えにするということは、犠牲を強いるということだ。怖ろしい考えに囚《とら》われそうになる実を見て、サディークは安心させるように首を横にふった。

「民を思って祈りを捧げたのだ。犠牲にすることなどできない。たとえ、たったひとりの命であっても」

「だから代わりに緑土を捧げた」

横からイザイルが割りこんでくる。

「植物は生活を支えるものだ。それを失うのがどういうことか、わからなかったわけじゃない。それでも命には代えられなかった。昔は今より領土争いが苛烈《かれつ》だったと聞いてる。無理もない」

緑を手放す代わり、代々の王たちは神より授けられた力で国と民を守ってきたという。

「でも、植物なしでどうやって……」

真っ先に食料のことが頭に浮かんだ。

芋も小麦もトウモロコシも、主食になるものがなにも育たないということだ。葉物野菜も根菜類も、香辛料の材料もなにもかも。家畜の餌《えさ》になるものもなければ、日射しを避《よ》け突風から家を守るための木の一本すらないなんて。

そんな不安を口にすると、サディークは「そなたの思うとおりだ」と頷いた。

「緑がなくなり民は飢えた。今でこそ輸入に頼るようになったが、その経路もいつ妨害を受けるかわからない。だから私は思ったのだ。たとえ国がなくなろうと、隣国に制圧されてしまおうとも、この力を神に返して民が生き延びる道を選ぶことが王として最善の選択なのではないかと」

大臣たちは当然のごとく反対した。代々守り抜いてきたこの国の歴史を絶やすことなど断じてあってはならないと口を揃えた。

それでもサディークは民のためと、反対を押し切ってひとり神殿に赴いたのだそうだ。

「だが、願いは叶《かな》えられなかった」

一度交わした神との約束は覆らないと、神官は申し訳なさそうにサディークに告げた。神との約束は絶対なのだと。それでもいつかこの国に緑土を取り戻し、民に豊かな暮らしをさせることを己の使命として生きると誓う王に、神官はひとつの助言をくれた。

「異界に生まれし〈緑に愛されたもの〉を迎えればよい、と」

まっすぐに見つめられて心臓がドクンと跳ねる。

「だから……だから、僕のことをご存知だったんですね」

「あぁ。本来この国に生まれるはずだった〈緑に愛されたもの〉が異世界に生を受けたと聞いて、すぐに会えないことが残念だったが、思いを馳せるのも楽しかった。会える日を心待ちにしていた」

「そんなふうに言われるとなんだか照れますね」

「誰かさんなんて待ちきれなくて、顔を見に行ったこともあったぐらいだしな」

イザイルがニヤリと口角を上げる。

「まさかあれで一目惚《ひとめぼ》れするとは」

「え？」

「イザイル。お喋りが過ぎるようならここで剣を抜いてもいいんだぞ」

「おっと。それは御免被る」

眉間に皺を寄せるサディークと、それをおもしろがっているイザイルという珍しい組み合わせにぽかんとしていると、ややあって王は「話を戻すぞ」と唇を引き結んだ。

そうして小さな布袋を取り出す。アマーラの種を見せてもらった時のあの袋だ。

「以前そなたに丈夫な花の育て方を教わったな。あの時、私が重ねて訊ねたのにはわけがある」

サディークはそう言って袋から種をひとつ取り出す。

「王が力を使うにはアマーラの種が必要だからだ。温室でも見せたようにアマーラの鉢は全部で三つ。年に三粒の種が採れる」

「つまり、力が使えるのは一年で三回までってことだ」

イザイルの言葉にサディークも頷く。

「ひとつは国の安泰のために使う。残りのふたつは、人の力ではどうしようもないことが起こった時に皆で話し合って使い道を決める。たとえば天災や流行病《はやりやまい》などだ」

本来であれば武力交戦も防ぎたいところだが、とてもそんな余裕はないそうだ。

そこまで聞いて、ふと思った。

「力を使えばなんでもできるんでしょうか。それなら緑を願ってはどうでしょう」

「そうしたい気持ちは私も同じだが、神との約束を違《たが》える願いは叶えられないのだ」

「あ……、そっか。そうですよね」

そう簡単にはいかないらしい。

浅慮を恥じる実を励ますように、サディークはやわらかな笑みを浮かべた。

「そうしょげるな。国のことを思って言ってくれたのだろう。ミノリはやさしい子だな」

「サディーク」

「心配いらない。それに、私の代は心強い仲間もいるんだ」

「仲間？」

「イザイルにミノリ、そなたたちふたりだ」

驚いてイザイルをぱっと見上げる。もしかして、彼もまた〈緑に愛されたもの〉だったりするんだろうか。

そんな実に、イザイルはなぜか仏頂面で首をふる。サディークも笑いながら「王の力をわけたんだ」と教えてくれた。

「力を……わけた？」

「こいつが勝手なことしないようにな」

どういう意味だろう。先ほどは、王位を継いだものだけが授かる力だと聞いたけれど。

そう言うと、イザイルはますます顔を顰めた。

「それでうまくいってりゃ世話ないんだよ」

「たまたま、ひとつしか種ができない年があったんだ」

サディークが弟に代わって説明を続ける。

アマーラの花がうまく育たず、三鉢のうち一鉢しか実を結ばない年があった。

けれどそんな時に限って大きな戦争が起こり、軍を率いていたイザイルも重症を負った。

肩から鳩尾《みぞおち》までを切られる裂傷で出血も多く、このままでは危ないと悟ったサディークは独断でひとつしかない種を使ってイザイルを治した。

幸い、その年は大きな厄災こそなかったものの、サディークの行動を重く見た重鎮らやイザイルが神に祈りを捧げ、サディークの力の半分をイザイルに分離したのだそうだ。

「そんなことができるんですか！」

「まぁ、双子だからな」

「王位継承権があったおかげで実現したんだろう。私も知った時には驚いた」

アラバルカはじまって以来のことだったそうだ。それからというもの、ふたりはこれまで以上に一対として国を守ってきたのだという。

「おふたりは息もぴったりですし、ふたりでひとつってなんだか素敵です」

そう言った途端、ふたりは揃って渋面になる。

「もとはと言えばサディークが無茶ばっかするからだ。俺は面倒なことは嫌いなんだが」

「いくら私でもイザイルには負ける。あれだけの怪我をしながらまだ向かっていくとは」

「それが仕事だ」

「ならば私も仕事だぞ」

互いに譲らないふたりを見ているうちに微笑ましくなってきて、悪いとは思いながらも笑ってしまった。なんだかんだ言って信頼し合っているのが伝わってくるのだ。

そんな実に毒気を抜かれたのか、ふたりはやれやれと肩を竦めた。

「さて。そろそろ戻るか」

イザイルが立ち上がる。

ならば自分もと腰を上げようとすると、サディークに手を引かれ、呼び止められた。

「そなたは、私の部屋に」

「えっ？」

思いがけない言葉にドキリとする。それと同時に、やけに動揺している自分に気づいてさらにオタオタとしてしまった。

「あ、あの…、えっと……」

「イーリャに会わせたい」

「え？　……あ、そういうことですか」

なんだかちょっと肩透かしを食らったような、そうでもないような。

――なんだろう、これ……。

緊張ともちょっと違う、妙な感覚だ。ドギマギしている実がおかしかったのか、イザイルはニヤリと笑いながら「じゃあな」と先に出ていってしまった。

それを見送り、実たちも連れ立って部屋を出る。タイル張りの廊下を並んで歩きながら、ふと気になっていたことがあったと思い出した。

「そういえば、奥様はどちらにいらっしゃるんですか？」

「妻？　私に妻はいないが」

「え？　イーリャはサディークの子供なんですよね？」

それまで不思議そうな顔をしていたサディークだったが、実の言葉に「誤解しているようだな」と苦笑を浮かべた。

「イーリャは養子だ。年の離れた弟でもある。私やイザイルと母親は違うが」

生まれてすぐ妾腹《しょうふく》であった母を亡くし、二歳の時に先王であった父も亡くした異母弟を引き取って、養子として育てていると知って驚いてしまった。

「弟なんですよね!?」

「あの子とは二十歳以上離れている。離れて育ったこともあって弟という実感はない。それに……こういう言い方をするのはあまりいいことではないが、正統な血筋ではないイーリャに王位継承権を与えるためにはそうするしかなかったんだ。将来、あの子が困らないように。父上の血を引いているものとして正しく扱われるように」

「あの、サディークたちのお母様は……」

「亡くなった。病でな」

静かな声に胸を突かれる。事故で両親を亡くした自分とどこか重なるような思いも入り、返すべき言葉が一瞬遅れた。

実は立ち止まり、サディークに向かって頭を下げる。

「軽々しく失礼なことをお訊きしてしまいました」

「頭を上げてくれ。私は失礼などとは思っていない」

肩に置かれた手のあたたかさにほっとしながら顔を上げると、おだやかなブルーグレーの瞳がこちらを見ていた。

「私に興味を持ってくれたということだろう。むしろそちらをうれしく思う」

「え？」

どういう意味か訊ねるより早く、「着いたぞ」と重厚な飴色のドアを指し示される。扉の両側には軍服を纏った護衛が立っていて、王の帰還に恭しく頭を下げた。

「ここが私の部屋だ。イーリャにも来るよう言ってある。じきに顔を見せるだろう」

開かれた扉の中に入るよう促される。

一歩足を踏み入れると、そこは別世界だった。

「わぁ……」

広々とした部屋は二間続きになっていて、入ってすぐの応接間には壁に沿ってU字型の基壇が設《しつら》えられている。その向こうはテラスにつながっているようだ。天井は見上げるほど高く、壁も床も、調度品のひとつひとつに至るまでとても見事で目を瞠った。

「気に入るところはあったか」

「はい。とても」

宛《あ》てがわれた客人の間ですら立派なものだと思っていたけれど、さすが王の私室は違う。床を埋め尽くす幾何学模様の精巧なタイルや、天井から吊り下がるレースのごとき鍾乳石飾りはどれだけ眺めても見飽きることがなかった。

どれだけの職人たちが思いをこめて作り上げたんだろう。

ほう…、と感嘆のため息をついたその時、すぐ後ろで控えめなノックの音が響いた。

「サディーク様。イーリャ様をお連れいたしました」

「あぁ」

基壇のマットに腰を下ろしたサディークが応《いら》えを返す。

静かに扉が開いたと思ったら、次の瞬間、なにかがすごい勢いで飛びこんできた。

「父上！」

まるで白い弾丸だ。

元気な声とともに小さな男の子が駆けてきて、履きものを脱ぐのもそこそこにばふっとサディークの腰に抱きついた。あまりの勢いに思わず呆気《あっけ》に取られたほどだ。

だがサディークにとってはこれが日常なのか、驚いた様子もなくにこやかに笑いながら受け止めている。

「私のイーリャ。もう熱も下がったようだな。いい子にしていたか」

「はい。とっても！」

自信いっぱいの答えに、サディークは「そうか」とうれしそうに目を細めた。

「今日はそなたに私の大切な客人を紹介しよう。ミノリ」

サディークがチラとこちらを見る。

その場で挨拶させてもらおうかとも思ったものの、靴を履いたままなのは失礼のような気がして、実もまたサンダルを脱いで基壇に上がった。そうして父親にぺったり貼《は》りついたままのイーリャと目の高さを合わせると、怖がらせないように微笑みかける。

「こんばんは」

実が声をかけると、イーリャは大きな目をいっぱいに見開いてこちらを見上げた。知らない人間が近寄ってきたのだから無理もない。

「はじめまして。葛木実です」

ゆっくり一礼すると、ようやくのことでイーリャはぱちぱちと瞬きをはじめた。突然のことに戸惑いながらも、好奇心を抑えられないというようにはにかみながら首を傾げる。父親の後ろに隠れようとしては押し戻され、「挨拶を」と促されて、イーリャはもじもじしながら上目遣いに実を見上げた。

「あの……、こ、こんばんは」

「わぁ」

なんてかわいらしい声だろう。

思わず「かわいい」と口を突いて出てしまいそうになり、慌てて飲みこんだ。いきなりそんなことを言ったら失礼だ。それでも、まだふくふくとした椛《もみじ》のような手が父親の長衣をぎゅっと握り締めているのを見て、やっぱりかわいいと思わずにはいられなかった。

サディークと同じブルーグレーの瞳。ブロンドの癖っ毛はくるくるとカールしながら薔《ば》薇色《らいろ》の頬にかかり、その姿はさながら天使のようだ。サディークも小さな頃はこんなふうだったのかなと妄想までしてしまった。

実がにこにこしていると、ようやく少し安心したのか、イーリャがそうっと口を開く。

「ミノリは、〈みどりにあいされたもの〉なの？」

「どうしてそれを……？」

「サンがはなしてるのきいた」

どうやら彼のお世話係から話が伝わっていたらしい。小さな手が指す方をふり返ると、サンと呼ばれた男性があたふたとしているのが目に入った。

「父上のたいせつな方だって。でも、女のひとじゃないんでしょう？」

「こら。イーリャ」

サディークが戒めるように首をふってもイーリャはきょとんとしたままだ。それがなんともかわいらしくて、つい「ふふっ」と笑ってしまった。

「僕はこう見えても男性ですよ。ほら、同じ服を着ているでしょう？」

「うん。でもミノリ、とてもきれい」

「へっ？　……え、えーと、ありがとうございます。でも僕なんかよりサディークの方がずっと美しいと思いますよ」

「ミノリ？」

サディークが驚いたように首を傾げる。こんなところはさすが親子と言おうか、父親とまったく同じ角度にこてんとイーリャも首を倒した。

「えー。父上は、かっこいいでしょ？　すごくつよいし」

「えぇ、とても格好いいですね。それに、強いんですか？」

「父上は、とってもつよいよ。てきも、いっぱいやっつけるよ」

「そうなんですか。イーリャ様は、サディークをとても尊敬していらっしゃるんですね」

「うんうん。そんけいしてる！」

父親のことが大好きなんだろう。イーリャは満面の笑みでこくこくと頷く。見ているだけで心があかるくなるような笑顔だ。うれしくなって一緒に笑っていると、サディークがなんとも言えない表情で眉尻を下げた。

「ふたりとも、そのぐらいにしてくれ。どんな顔をしていいか困る」

「父上、てれてるー」

「イーリャ様。もう、大人をからかっちゃいけませんよ」

「ミノリ、サンとおなじこと言う」

思わず彼の世話係をふり返り、目と目で会話をしながら笑ってしまった。こんなおしゃまで元気な王子様が相手ではお世話もそれはそれは大変だろう。

「ミノリ」

けれど、それすら許さないとばかりにイーリャに長衣の袖を引かれた。

「はい。なんでしょう」

「ぼくのことも、イーリャってよぶこと」

「イーリャ様ではいけないんですか？」

「うん、だめ。父上とおんなじがいい」

「わかりました。では、お父様に特別なお許しをいただきますね。……サディーク」

ふたり揃ってそちらを見上げる。

期待をこめた眼差しに、サディークはやれやれと肩を竦めながら微笑んだ。

「すっかり意気投合して……。かわいらしいものだな。そんなふうにねだられて私が許可しないとでも？」

「わーい！」

イーリャが椛のような手を広げて万歳する。「ミノリ、ミノリ」と躙《にじ》り寄ってくるのを、サンが微笑みながらひしと阻止した。

「イーリャ様。そろそろおやすみのお時間ですよ」

「えー、やだ。ミノリとあそぶ」

薔薇色の頬がぷうっと膨らむ。ついさっきまで人見知りしていたのが別人のようだ。懐いてくれるのがうれしくて、実ももっと一緒にいたかったけれど、彼のためなのだからと自分に言い聞かせてそっとイーリャの顔を覗きこんだ。

「ちゃんと身体を休めてあげるのも大切なことですよ。イーリャは、毎日ぐんぐん大きくなる時なんですから」

「おおきくなる？　父上みたいに？」

「えぇ、もちろん。サディークみたいに背が高く、格好よくなりますよ。だからきちんと眠らなくては」

「わかった。ねる！」

　イーリャは目をきらきらさせながら何度も頷く。その頭の中はどんな想像でいっぱいになっているのやら。

　何度も後ろ髪を引かれつつ、世話係に連れられてイーリャが出ていく。

　残ったのは嵐の後の静けさだ。思わずサディークと顔を見合わせ、どちらからともなく笑ってしまった。

「あの子があんなに人に懐くのをはじめて見た。子供の扱いに慣れているのか？」

「いえ、僕もあんなことはじめてです。というか、植物以外に好かれるのが、というか」

　言っていてちょっと虚《むな》しくなったが、事実なのだからしかたがない。

「人の好意には慣れない方か」

「まぁ、そういう経験もありませんし……。サディークみたいに格好よく生まれていたら少しはなにかあったのかもしれませんけど」

　ごまかし笑いをしながら隣に腰を下ろす。

　けれどなぜか、サディークは真剣な顔で覗きこんできた。

「そなたはそのままで充分魅力的だ。それに気づかない周りの方がどうかしている。ミノリは自信を持っていい。私が保証する」

あまりにきっぱりと言いきられ、圧倒されてしまった。

これまで魅力的だなんて言われたことはなかった。誰かに好意を寄せたこともなければ、寄せられたことに気づけるほど敏感でもなかった。それなのに、そんなふうに言ってくれるなんて。驚きがじわじわとしたうれしい気持ちに変わっていく。

「ありがとうございます。サディークはやさしい人ですね」

「そんなことを言っていいのか。私はミノリを無理やり攫《さら》ったような男だぞ」

「うーん。確かにそれはそうなんですけど……でも、国のことを考えたらそうするしかなかったんでしょう？　それに、それを言ったらイザイルも同罪ですよ」

ふたりが協力し合わなければ王の力は使えないのだから。

そう言うと、サディークはおかしそうにくすくすと笑った。

「そなたがそんなふうに言うとはな。イザイルも、今頃くしゃみでもしているだろう」

「うわ、怒られそう。内緒にしてくださいね」

顔を見合わせて笑った後は、手足を伸ばすようにして壁際のクッションに凭《もた》れかかる。基壇に敷かれた絨毯も、ぐるりと配されたクッションも、手触りがよくとても心地いい。ついついそのうちのひとつを抱きこんでしまい、サディークに見つかって笑われた。

「そうしていると落ち着くのか」

「今、子供みたいって思ったでしょう」

「イーリャでもしないとは思ったが」

「それじゃ追い打ちですよ、サディーク」

わざと顔を顰めてみせる。楽しそうに笑うサディークを見ているうちに、おかしくなって実も一緒になって笑ってしまった。

こんなふうにリラックスして向き合っていると、彼も年相応の男性に見える。いつもはその双肩にたくさんの重たいものを背負っているのに。

そう言うと、サディークはなんでもないことのように首をふった。

「すべて私がやりたくてやっていることだ。自ら選んでそうしている」

「うん。だからこそ、サディークが疲れてしまわないか心配なんです」

きっと、たくさんのものを抱えてきた人なんだろう。

王になるべくして生まれ育ち、父亡き後はその後を継いで、この砂の大地で懸命に民を守っている。ともに国を守る大臣たちと日々意見を戦わせ、近隣諸国との関係調整に心を砕き、臣下の言葉に注意深く耳を傾ける。

そんな中にあっても紳士然とした態度を貫き、血をわけた兄弟たちを大切にする。さらには国のために呼び寄せた実にまで親切にしてくれて――これで疲れないわけがない。

「よし」

思いきって立ち上がる。

不思議そうな顔で見上げてきたサディークに「ちょっと待っていてください」と言い置いてドアまで歩いていった実は、外で控えていたアルに頼んであたたかいお湯とカップを手配してもらった。

アル本人には温室に行って、レモングラスやミントなどいくつか指定したものを調達してきてもらう。それでていねいにハーブティーを入れ、毒味係に試してもらった上で差し出すと、サディークは興味深げにカップの中を覗きこんだ。

「ほう。いつも飲んでいる紅茶とはまるで違う」

「レモングラスには抗菌作用や鎮静作用があります。ミントには安眠効果も。少しは緊張緩和に役立つといいのですが……」

「ありがとう。いただこう」

サディークがゆっくりとカップを傾ける。二度、三度と口に含んだ彼は、なぜか意外そうな顔をこちらに向けた。

「驚いた。苦みなどはないのだな」

「フレッシュですし、質のよいものをラハトさんが育ててくださっていますから」

実も自分の分のお茶を淹《い》れ、サディークの隣に戻る。

「ハーブはラテン語で『草』を意味する『エルバ』が語源です。古くから治療に使われてきた薬草でした。ハーブティーには香りを楽しむアロマテラピー効果と、飲むことで得られる薬理効果のふたつがあります。カフェインも入っていませんから、飲んだ後はリラックスしてゆっくり眠れると思います」

「ミノリはいろいろなことを知っているな。まるで人間の医者のようではないか」

「いえいえ、そんな」

「おかしいか。ならばなんと言おう。そなたを見ているだけで気持ちがとても癒やされるのだ。ミノリ自身がハーブティーのようだな」

思わず手の中のカップに目を落とす。清々しくもほのかに漂う甘い香りに胸の奥がくすぐられていく。うれしさと同時に気恥ずかしさもこみ上げて、実はふるふると首をふった。

それでもサディークはためらわない。むしろ自分はわかっているというように情熱的に言葉を続けた。

「ミノリはとてもまっすぐだ。そなたからは嘘の匂いがしない。だから傍にいるとほっとするのだろうな。子供のように目を輝かせながら植物と触れ合ったり、イーリャにやさしく接してくれたり……こうして私のことも気遣ってくれたな。そんなミノリだから、周囲からも、そして緑からも愛されるのだろう」

「サディーク、あの、褒めすぎです」

「どうした。顔が真っ赤だ」

「ち、近い…、です」

身を乗り出してくるサディークから距離を取るため、精いっぱい身体を仰《の》け反《ぞ》らせる。なにせ美丈夫のアップなんて見慣れていない。

だがそうやって逃げれば逃げるほど、サディークは確信的な微笑みで追ってくるのだ。遊ばれているとわかっていても目が合うたびに慌ててしまう。

「どうした。さっきは私の顔を美しい、格好いいと褒めてくれたではないか」

「だからでしょう。こんな近くにあったら心臓が保たないじゃないですか」

「ふふふ。ミノリはとてもかわいい」

「かわいいとはなんですかっ」

逞《たくま》しい胸を押し返しながら必死に反論すると、サディークはとうとうこらえきれないとばかりに噴き出した。

ひとしきり笑われている間の居心地の悪さったらない。おまけに頬の熱さも戻らない。どうすればいいんだと唇を尖らせていると、サディークはおかしそうに眉尻を下げながらやっと身体を引いてくれた。それでも、その口端には濃い笑みが浮かんだままだ。甘さを滲《にじ》ませたブルーグレーの瞳が唆すようにこちらを見る。

「男性であっても、かわいいと思うことはあるのだな」

「そんなしみじみ言わないでください」

「それだけ好ましく思っているということだ。悪い意味ではない」

——もう。なんですか、それ。

文句のひとつも言いたかったけれど、それより早くお茶のお代わりを求められて曖昧になる。それでもサディークがこれでぐっすり眠れるのならと、実は小さく肩を竦めて空のカップを受け取った。

ガラスポットを傾けた途端、レモンに似た芳香が立ち上る。

それはなにかのはじまりを告げるような、甘く爽やかな香りだった。

＊

アラバルカに来て半月も経つ頃になると、こちらの生活にもすっかり慣れた。

サディークから国の歴史を教わったり、イザイルに馬術の稽古《けいこ》をつけてもらったりと、まるで退屈する暇もない。今でこそ凛々《りり》しいふたりの、小さい頃の話をアルからこっそり聞くことも実《みのり》の密《ひそ》かな楽しみになった。

イーリャともあれからすっかり仲良しだ。実に対しても白い弾丸と化した王子と宮殿の中で鬼ごっこをしては、彼の世話係のサンまで一緒になってわいわいと遊んだりした。

また時々は、温室に行って美しいアマーラの花を眺めた。

〈鳥籠《とりかご》の番人〉であるラハトの姿を見かけるたび声をかけてみたのだけれど、残念ながら彼の方は友好的な気分にはなれないようで、いつも門前払いをされてしまった。ハーブのお礼を言いたかったたし、この国特有の植物についても教えてもらいたかったけれど、嫌な思いをさせてしまったのだからしかたがない。温室への出入りを許してもらえただけでもありがたいと思わなければ。

そんなふうに少しずつ、王宮に馴染《なじ》みつつあったある日のこと。

深夜、実は物音に目を覚ました。

部屋の外では幾人もの男たちが足音を憚《はばか》ることなく行き来している。これまで経験したことのない騒がしさに思わず寝台の上に身を起こした。

「どうしたんだろう……」

部屋の中はまだまだ暗い。窓から外を眺めてみたが漆黒の闇が広がるばかりだ。こんな時間になにかあったんだろうかと落ち着かない気持ちでいたその時、部屋にノックの音が響いた。

「失礼いたします」

応《いら》えも待たずに入ってきたのは世話係のアルだ。いつもは必ず実の意思を確認してから接する彼が問答無用で立ち入ってきたことで、これが非常事態なのだと悟った。

「敵襲です。隣国カザが攻め入ってきたとの伝令が」

「……っ」

アルが真剣な顔で告げる。

あまりに思いがけない言葉に、実はただただ彼の目を見返すばかりだった。

「これからお話しすることをどうか落ち着いてお聞きください。この命に代えましても、ミノリ様のご安全はお守りいたします。まずはお召し替えを」

アルに促されるまま手早く着替える。実の身支度が調ったことを確認して、アルは早口で捲《まく》し立てた。

「カザは、その戦闘服の色から『赤の軍隊』と呼ばれています。非常に気性の荒い連中で、アラバルカの地下資源を狙《ねら》ってたびたび争いを起こしてきました」

そのたびにイザイル率いるアラバルカ軍が見事返り討ちにし、国同士の関係は長らく小康状態を保ってきた。いつまで経っても手に入らない隣の青い芝生に業を煮やしたカザが、夜の闇に紛れてついに国境を越えてきたということのようだ。

民を守るため、近隣諸国と同盟を結ぼうとサディークが心を砕いていた矢先の事態だ。気が気ではない実に、アルは「ご安心ください」とくり返した。

「サディーク様はすでに、総指揮官として態勢を整えていらっしゃいます。イザイル様もまた迎え撃つための軍隊をお集めに」

アラバルカの国史は戦争の歴史でもあるとサディークが言っていた。自分にとっては非日常でも、この国にはこれが日常なのだ。その意味をあらためて肌で感じ、実はぶるりと身震いした。

「ミノリ様には絶対に宮殿の外に出ないようにと、サディーク様からのご命令です」

「わかりました。でも、サディークやイザイルは……？」

「サディーク様は残られます。イザイル様は出陣の準備を整えておいでです」

それはつまり、イザイルはこれから命懸けで戦うということだ。話に聞いていたことが急に現実味を帯びて迫ってきて、突き上げられるような焦燥感に血の気が引いた。

「あ、あのっ…、イザイルに会えませんか。せめてお見送りをさせてもらえませんか」

他に自分にできることが思いつかない。突然の嘆願にアルは驚いたようだったが、「軍の邪魔をしない」という約束で実を軍部に連れていってくれた。

部屋から一歩外に出た途端、ピリピリとした空気を肌で感じる。護衛たちは見たこともない軍服に身を包み、臨戦態勢を整えていた。大臣や役人たちもこんな時間だというのに手に手にランプを持って慌ただしく行き来している。

そんな中を縫うようにして中庭のあたりまで行くと、向こうから黒の集団が歩いてきた。イザイルだ。黒一色の装束に身を包んだ彼は、かつてアルから聞いた『漆黒の武将』そのものだ。近くにはサディークもいた。

「ミノリ。おまえ、なにしてんだ」

こちらに気づいたイザイルが驚いたように声をかけてくる。

実が駆け寄ると、ふたりの周囲にいた黒尽くめの男たちは気を使ってくれたのか、数歩下がって距離を置いた。

「アルさんから聞きました。これから出陣されるって……」

「おう。お務めだ」

イザイルは当然というように淡々と告げる。慌てている実を落ち着かせようとしてくれたのかもしれない。それでも胸騒ぎが収まらなくて、実はさらに一歩距離を縮めた。

「あの…、こんな時なんて言ったらいいかわからないですが、絶対……絶対無事に帰ってきてくださいね。生きて帰ってきてくださいね」

「ミノリ……」

「馬術の稽古がまだ途中です。馬の世話も乗馬も一人前になったら合格点をくれるって、イザイルは言ってくれましたよね。だから約束してください。絶対に帰ってくるって」

強い光を放つヘーゼルの瞳《ひとみ》をじっと見上げる。どうかこの願いが届きますようにと思いをこめて見つめる実に、ややあってイザイルがふっと目を細めた。

「そうだったな。まだ途中だった」

「はい。だから」

「心配すんな。すぐに戻る」

大きな手が伸びてきて乱暴に頭を撫《な》でられる。そんな粗野なやり方こそが彼なりのやさしさなんだとわかった。

イザイルは首に巻いていた黒い布を目の下まで引き上げ、サディークの方をふり返る。

「行ってくる」

「頼んだぞ」

短い言葉を交わした後は、イザイルがふり返ることはなかった。軍隊を引き連れて宮殿を出ていく。少しすると馬の嘶《いなな》きが聞こえ、たくさんの蹄《ひづめ》の音が門から外へと一気に駆け抜けていった。

とうとう、行ってしまった——。

無意識のうちに胸の前で両手を握る。不安な気持ちが透けて見えたのだろう、大きな手が後ろから肩を抱いてくれた。

「大丈夫だ」

ふり仰ぐ実を安心させるようにサディークが深く頷《うなず》く。

「王宮は自然の要塞《ようさい》だ。不慣れな人間は入ってこられない。安心しているといい」

「サディークは？　サディークはどうされるんですか」

「私はこれから軍議を開く。しばらくは顔を合わせられなくなるだろうが、困ったことがあればアルに相談するといい。……アル、ミノリを頼んだぞ」

「かしこまりました」

王の命令にアルが後ろで跪《ひざまず》く。

それを確認したサディークは、励ますように実の肩をポンポンと叩《たた》くと、そのまま護衛たちとともに宮殿の奥へと歩いていった。その後ろ姿が見えなくなるまで見送って、実はそっとため息をつく。いやおうなしに現実はどんどん動いていく。それを肌で実感した。

「ミノリ様、私たちも戻りましょう」

「はい……」

アルに促されて部屋に戻ったものの、再び床に戻る気持ちにもなれず、まんじりともせずに夜明けを迎える。砂を噛《か》む思いで朝食を摂《と》った後もなにも手につかず、外に出ないと約束して散歩させてもらうことにした。とてもじっとしていられなかったのだ。

イザイルのように戦うことも、サディークのように戦略を練ることも自分にはできない。ただじっと、嵐《あらし》が過ぎるのを待つことしかできない。

もどかしい思いで回廊をぐるぐると巡る。あまりに考え事に没頭していたからだろうか、不意にドンとなにかにぶつかった。

「わっ」

「こ、これは申し訳ございません。大変な失礼をいたしました」

見れば、灰色の長衣を纏《まと》った男性が床に書物を投げ出してしまっているところだった。自分とぶつかった弾みに落としたのだろう。

「僕の方こそごめんなさい」

慌てて落としものを拾うのを手伝う。男性は何度も頭を下げながら、よほど急いでいたのか足早に去っていった。

ふと周りを見回せば、皆が同じように忙《せわ》しなく行き交っている。ぼんやりしているのは自分ぐらいだ。そんな中でうろうろしていたらまた邪魔になってしまうに違いない。

ならばと、実は温室へと足を向けた。

あそこなら静かだし、なにより植物に囲まれていると気持ちが落ち着く。深呼吸をして気を取り直そう。

鳥籠の形をした建物の前に立ち、そっと扉に手をかける。

「こんにちは。お邪魔します」

挨拶《あいさつ》とともに中を覗《のぞ》いてみたが、ラハトは不在のようだった。彼もこの非常事態で忙しくしているのかもしれない。

自由に出入りしていいと言われているため、もう一度だけ断って静かに足を踏み入れる。

その途端、全身が濃い緑の匂《にお》いに包まれ、ささくれていた気持ちがふわっとゆるむのが自分でもわかった。

温室にある植物の中でも、とりわけ背の高い棗椰子《なつめやし》の幹にそっと触れる。

はじめてここを訪れた際、解説に使わせてもらった木だ。骨を持たない植物がどうして立っていられるのか種明かしをしたのだっけ。その時のイザイルの驚いた顔を思い出し、実は思わず目を伏せた。

どうか、彼が無事でありますように。

アラバルカの兵士たちが生きて帰りますように。

そしてなによりこの国の平和を。

繊維状の乾いた幹の表面を撫でながら、ただそれだけを一心に祈る。

ふと、誰《だれ》かに呼ばれたような気がして顔を上げると、レモングラスの葉が目に入った。

吸い寄せられるようにその前まで歩いていって、そっと顔を近づける。レモンに似た爽《さわ》やかな香りが落ち着かない気持ちをやさしく撫でた。

「いい匂い……」

目を閉じ、香りを肺いっぱいに吸いこむ。

出陣前のイザイルにハーブティーを飲ませてあげられればよかった。

軍議で根を詰めているサディークや役人たちに今からふるまったらどうだろうか。

そんなことを考えていると、誰かが近づいてくる気配がした。

「あ、ラハトさん」

実は立ち上がってぺこりと頭を下げる。

「こんにちは。お邪魔させていただいています」

ラハトからの返事はない。

「大変なことになりましたね。僕にできることがないのがすごく歯痒《はがゆ》いです」

せめてなにかひとつでもやれることがあったらいいのに。

そう言ってもなお、ラハトは無言のままだ。思わず気圧《けお》されそうになるのをこらえて、
実はその細い目を見上げた。

「あの、このレモングラスをまたいただけないでしょうか。気持ちが落ち着くと思うので、ハーブティーにしてサディークたちに飲ませたいんです」

「その必要はない」

それまで無言を貫いていたのが嘘《うそ》のようにきっぱりと断じられ、面食らってしまう。

「あ…、えっと、ラハトさんがもうご用意くださったということでしょうか？」

それなら差し出がましい申し出だったかもしれない。

だがラハトは問いには答えず、代わりに仄暗《ほのぐら》い笑みを浮かべた。

「国に厄災をもたらすものの作った茶など、サディーク様はお飲みにならない」

「……厄災？」

やくさい、と心の中でもう一度呟《つぶや》く。あまりに思いがけない言葉だったからだ。

言われた意味を飲みこめずにいる実に、ラハトは苛《いら》ついたように語気を強める。

「自らの行いを悔いるがいい。己のせいで、この国に多大な犠牲を強いることを」

「犠牲……？　なんのことですか。あの、ラハトさん、どういう意味ですか」

必死に問い質《ただ》すものの、ラハトは再び口を噤《つぐ》み、意味深に嗤《わら》うばかりだ。これまで他人から向けられたことのない強い負の感情に鳥肌が立った。

どういうことだろう。

そして、どうしてそんなふうに言うんだろう。

懸命に頭を巡らせた、その時だった。

遠くから蹄の音が近づいてくる。イザイルたちが戻ってきたのかとガラスの向こうに目をやると、そこにいたのは黒装束の武人たちではなく、なぜか赤一色の集団だった。

――――まさか。

あれはアラバルカの兵士ではない。一目で赤の軍隊だとわかり、恐怖に心臓がぎゅっとなった。

アルが言っていた、気性の荒い連中という言葉が頭の中をぐるぐると回る。足が竦《すく》んで声も出せず、逃げも隠れもできないでいる間に敵軍は狙い澄ましたかのように温室の前で馬を止めた。

次の瞬間、勢いよく扉が開いて、赤い衣を纏った男たちがバラバラと駆けこんでくる。

「……っ」

身を固くするばかりの実はあっという間に捉《とら》えられ、身動きを封じられた。

「や、やめてください！」

決死の思いで叫んでも、抵抗しても、数人がかりで封じられて手も足も出ない。両手を後ろに縛り上げられ、口に布をぐるぐる巻きにされて温室の外へと引き摺《ず》り出された。

——どうしよう。どうしよう……！

頭の中はそれでいっぱいだ。まさかこんなことになるなんて。

ラハトは無事だろうかとそちらを見ると、なぜか彼は敵の一員であるかのように無傷のままそこに立っていた。

——ラハトさん……？

その目が冷たく光るのを見て、頭の中が真っ白になる。

呆然《ぼうぜん》としている間に実はカザ国の馬に担ぎ上げられた。襲われてからここまで、時間にしてものの五分もかからなかっただろう。軍議が開かれている王の間は中庭からは遠く、不幸にもこの騒動に気づいたものはいなかった。

自分を連れ去る蹄の音を絶望とともに聞きながら、どれくらい移動しただろうか。

心身ともに疲弊した実はいつの間にか気を失っていたようで、冷たい床に投げ出されてぼんやりと目を覚ました。

「ここ、は……」

目だけを動かしてあたりを見回す。

頬《ほお》に触れる感触は冷たく、石のようにゴツゴツとしている。三畳ほどの薄暗い室内には窓もなく、唯一、天井近くに小さな明かり取りの穴があるくらいだった。

扉は一見して頑丈だとわかる造りで、試しに押したり引いたりしてみたがとても動きそうになかった。鍵《かぎ》がかかっているのだろう。閉じこめられたのだと自覚した瞬間、ぞくっと恐怖がこみ上げた。

拉致《らち》された時の光景が脳裏に甦《よみがえ》る。

赤い布を纏った男たち。あれがアラバルカに戦いをしかけてきたカザの人間に違いない。前線でイザイルが迎え撃ったはずだけれど、もしかしたら取り逃がしたのかもしれない。間違ってもアラバルカ軍が武力突破されたとは思いたくない。

「そんなことない」

嫌な妄想に取り憑《つ》かれそうになり、実は口に出して己の考えを否定した。

――イザイルはきっと大丈夫。

自分に言い聞かせながら、もう一度頭の中を整理する。

サディークは、敵が王宮の中まで入りこむことはないと言っていた。自然の要塞だけに、そうやすやすと入りこめる構造でないことは実も見て知っている。

それなのに、カザの男たちは一直線に攻めこんできた。

そして王を狙うでなく、なぜか温室の前で馬を下り、アラバルカの人間ですらない実を攫《さら》って退却したのだ。すべてが不思議だった。

もしかして、彼らは自分が〈緑に愛されたもの〉であることを知っているんだろうか。アラバルカの国力を弱めるために実を亡きものにしようと計画したんだろうか。

可能性としてなくはない。

けれど、もしそうだとするなら、どうやってそのことを知ったんだろう。実自身こちらの世界に召喚されてまだいくらも経っていない上、ずっと王宮の中にいたのだ。隣国まで噂《うわさ》が伝わるにしては早すぎないか——。

あれこれと思い巡らせていると、突然錠前が外される音が響く。

身を竦ませながら見ていると、重い扉がギギッ……と軋《きし》みながら内側に開いた。続けて赤褐色の長衣を着た屈強な男が入ってくる。

「出ろ」

低い声で吐き捨てられる。本能的な恐怖から身動きもできずにいると、動かない相手に苛ついたのか、男は実の二の腕を摑《つか》むなり力尽くで立ち上がらせた。

「……い、た……っ」

痛みに思わず顔を顰《しか》める。

それでも男は怯《ひる》むことなく、半ば引き摺るようにして実を牢《ろう》から出した。

助けてくれるんだろうか。それとも、またどこかへ連れていかれるんだろうか。

不安なまま石の建物の中を歩かされる。アラバルカの宮殿とは違ってタイル敷きでない床はデコボコとして歩きづらく、壁の漆喰《しっくい》もところどころ剝《は》がれ落ちていた。こんなところにも国力の差が透けて見える。あるいは、細かいことに構わないだけだろうか。

無言の男に引っ張られるようにして大きな部屋の前に連れていかれる。

扉を開けると、基壇《きだん》で話しこんでいた男たちがいっせいにこちらを見た。一目で歴戦の猛者《もさ》だとわかる貫禄《かんろく》だ。その中央で、一際鋭く眼光を光らせる男が実を値踏みするように見上げてきた。

赤ら顔に白髭《しらひげ》を生やした強面《こわもて》の男だ。年齢はサディークたちより十も二十も上だろう。ギラギラとした目で睨《ね》めつけられ、これまでの人生で味わったことのない恐怖に心臓が早鐘を打った。

「おまえがアラバルカで囲われているという異世界人か」

「……っ」

――――知ってるんだ……。

言い当てられて思わず息を吞《の》む。いったいどこからそんな情報を得たんだろう。

反応できずにいる実に、男は苛ついた様子で舌打ちした。

「答えろ。おまえは異世界人かと聞いている」

慌てて頷くなり、男は「ふん」と鼻を鳴らす。

「なるほど。これがアラバルカのアキレス腱《けん》か。こんなものにうつつを抜かしている間に制圧されるとも知らず」

不穏な言葉に息を呑む。

だがそんな実などお構いなしに、カザの王、シンと名乗った男は緩慢な動作で水煙草《みずたばこ》の長い吸い口を咥《くわ》えた。そうして実の頭の天辺から足の先まで舐《な》めるように視線を這《は》わせる。

「まるで女のようなやつだな。サディークの夜伽《よとぎ》の相手でもしているのか」

「なっ」

下賎な邪推についカッとなった。

「サディークを侮辱するのはやめてください。彼の名誉のために謝ってください」

「おっと。こいつは気が強い」

シンはわざとらしく肩を竦めながらその頬に下卑た笑みを浮かべる。周りの男たちも皆一様にニヤニヤとこちらを眺めるばかりだ。

苛立ちに任せて捲し立てたい気持ちを抑え、実はできるだけていねいに言葉を選んだ。

「あなた方の目的はわかりませんが、僕はここにいたくありません。帰してください」

「そいつぁ無理な相談だ」

男たちがいっせいに嗤う。

「大好きなサディークが来てくれるのをじっと待ってりゃいいだろう」

「なんなら助けてくださいって手紙でも書くか？」

「漆黒の武将に書簡を取り次いでもらうってのも見物だな」

アラバルカの王をここに呼び寄せ、降伏するよう言えと言われて断固拒否する。

シンは立て膝《ひざ》の上で肘《ひじ》をつきながら、そんな実を冷ややかに見た。

「まだわかっていないようだな。今すぐここで殺されるか、それともサディークに頼んで生き延びるか、選ばせてやるって言ってんだ。おまえに拒否する権利はない。捕虜がどんな扱いをされるのか、知らないならその身体《からだ》にたっぷり教えてやってもいいんだぜ？」

またも男たちがどっと嗤う。中にはヒューーッと口笛を吹くもの、手を叩いて賛成の意を示すものまでいた。

こうもあからさまにバカにされて、それでも言い返せない自分が悔しい。サディークのように頭も回らないし、イザイルのように相手を打ち負かすだけの力もない。情けなさに唇を噛んだ時だ。

「シン様！」

伝令と思《おぼ》しき若い男が駆けこんでくる。

「アラバルカが少数で攻め入って参りました！」

「なんだと」

「漆黒の武将がもうすぐそこに」

イザイルだ。よかった。生きていた！

それだけではない。前線を上げて敵国カザを返り討ちにしようというのだ。これには男たちも驚いたようで、基壇にどよめきが広がった。

そんな中でもシンは落ち着いたものだ。

「ほう。弟の方が来たか。さすが兄の使い走り、ご苦労なことだ」

赤ら顔の王がチラとこちらを見る。

「おまえには吉報だったな。……いや、考えようによっては我々にこそ佳《よ》い報《しら》せか」

シンは男たちの顔を眺め回し、ニヤリと策士の笑みを浮かべた。

「アラバルカの王にとって実弟は唯一無二の右腕。その首を狩ったとなればもはや相手は怖《おそ》るるに足らん」

シンはすぐさまイザイルを迎え撃つよう指示を出す。五百もの大群で侵入者を一掃せよとの指示を横で聞いて血の気が引いた。

イザイルが今どれほどの兵を率いているかはわからないが、全軍を従えていたとしても数で勝てるとは思えない。ましてや、先ほどまで国境付近で戦っていたのだ。その数をさらに減らしている可能性だってある。

そこまで考えて、疑問に思った。

目の前の男たちこそ闇夜に紛れて国の境を越え、アラバルカに攻め入ってきたはずだ。それなのにどうしてここにまだ五百もの兵が残っているんだろう。

違和感がじわじわと胃を締めつける。

実の焦りが伝わったのか、シンが喉奥《のどおく》でククッと嗤った。

「あれは囮《おとり》だ。おまえを攫ってくるためのな」

宣戦布告を行ったと見せかけてアラバルカ軍の本体を王宮の外に誘《おび》き出し、国境付近に引きつけている間に数人で実を攫う。目的を達成した後は適当なところで戦いを切り上げ、国に戻っていたのだとシンが告げた。

「あの用心深いアラバルカの王が宮殿に囲いこんでるぐらいだ。獲物としてこれ以上いいものはない。おまえは、あの国を滅ぼすための引き金だ」

「――」

絶句だった。

――どうして………。

目の前が真っ暗になる。その場に崩れ落ちそうになる実の耳に、遠くから怒号が聞こえてきた。

馬の嘶き、蹄鉄《ていてつ》の音。それから男たちの地鳴りのような咆吼《ほうこう》。

「来たか」

カザの男たちが我先にと窓に群がる。実も拘束をふりきって窓辺へと駆け寄った。

濛々《もうもう》と土煙を上げて黒馬の群れが突っこんでくる。先頭で右手に剣を翻し、左手で馬を操りながら勇猛果敢に攻めこんでくる男こそアラバルカの漆黒の武将、その人だった。

「イザイル！」

男たちに羽交い締めにされながら力いっぱいその名を叫ぶ。

今まさに、イザイルたちが実のいる建物の前に駆けこんできた、その時だった。

「……なっ」

アラバルカ軍に向かっていっせいに矢が放たれる。目を覆うような光景に実はただただ息を呑んだ。

巻き上がる砂埃《すなぼこり》。飛び交う怒声。馬は驚いて立ち上がり、落馬した兵士にまで容赦なく矢が降り注ぐ。周囲を二重、三重に取り囲まれ、あきらかな劣勢とわかっていてもなお、イザイルは怯むことなくその剣をふるった。

頬に浴びた返り血を乱暴に腕で拭《ぬぐ》いながらイザイルが挑むように顔を上げる。

「ミノリ！」

「イザイル！」

声を聞いた瞬間、これまで感じていたものの比ではない大きな恐怖が突き上げてきた。

「イザイル。お願い、逃げて！」

これ以上近づいたら殺される。二度とその声を聞けなくなる。

イザイルにもしものことがあったらアラバルカ中が悲しみに暮れる。だからいけない。来てはいけない。敵の思う壺《つぼ》になってはいけない。今は引き返して策を練り、国にとって一番いい方法を考えるべきだ。

声を限りに訴えたものの、イザイルは決して聞き入れようとはしなかった。

「おまえを連れて帰る！　そう決めてる」

「僕はいいから。お願いだから」

「俺を誰だと思ってんだ」

敵兵の攻撃をヒラリと躱《かわ》し、隙《すき》を突いて急所を刺す。その鮮やかな身のこなしは歴戦の武将そのものだ。実力を甘く見ているわけじゃない。ただただ失いたくないだけなのだ。

出陣を見送った時は戦場を想像できていなかった。自分はこんな怖ろしい場に彼を送り出していたなんて。

四方から敵に囲まれ、イザイルの勢いが弱まってくる。敵兵が持つ剣の切っ先は今にも彼の喉を掻《か》き切りそうだ。それでも、イザイルは諦《あきら》めなかった。

「おまえが死んだらどのみちアラバルカは終わりだ。俺はそんなの認めない」

「イザイル」

「それに、馬術の稽古がまだ途中だ。一人前になるんじゃなかったのか」

「……っ」

──絶対に帰ってくるって約束してください。

今朝《けさ》、彼に言った言葉だ。だからイザイルは無茶を承知で助けに来てくれたのだ。

胸に熱いものがこみ上げてくる。

もう一度その名を呼ぼうとしたその時、不意にシンが目の前に立ち塞《ふさ》がった。

「なるほど、王の弟とも親しいか。無茶な戦い方はしない男だと思っていたが、なりふり構わず突撃してくる理由がわかった。急所はおまえだったとはな」

シンが片方の口角を上げながら実に顔を近づけてくる。

「あの男を助けたいか」

「あ…、当たり前ですっ」

「ならば、おまえには役に立ってもらおうか。あの男を助けてやる代わりに、国に戻って情報屋になれ」

一瞬、言われた意味がわからずに反応が遅れた。

「……情報屋?」

「なに、大したことじゃない。定期的にこちらから人をやる。そいつにアラバルカの内情を渡すだけだ。できるだけ国政に拘《かか》わるような大事なやつをな」

つまり、スパイになれと言っているのだ。理解が追いついた瞬間、首を横にふった。

「冗談じゃありません。そんなこと、絶対にお受けできません」

「ほう」

「第一、僕は部外者です。国の重要事項なんて耳に入るはずがない。……いえ、もし僕が国政に携わっている人間だったとしても、そんな取り引きはお断りします」

「やりたくないと言うわけか」

シンが窓から外を見下ろす。

疲弊したアラバルカ軍はカザ兵に取り押さえられ、今にも首を刎《は》ねられてしまいそうだ。イザイルは仲間を鼓舞しながら厚い防御を崩さんと戦っていたが、彼の体力が尽きるのも時間の問題に思われた。

イザイルが膝を折ったらお終《しま》いだ。あっという間に捕虜にされ、サディークを揺さぶるための道具にされ、最後は殺されてしまうだろう。それを防ぐ唯一の手段が自分がイエスと言うことだ。シンの言うとおり、この国の情報屋としてアラバルカを裏切ることなのだ。

――そんな……。

気持ちが決まるわけなどなかった。

それでも時間は止まらない。どうしようもない現実を前に悔しくて悔しくて涙が滲《にじ》む。

「助けてやりたいんだろう？」

後ろから肩を抱かれ、乱暴にふり払ったものの、今度はもっと強い力で引き寄せられて無理やり抱き竦められた。

「おまえもあの男も無事に戻れるんだ、悪い話じゃないだろう。それに良心の呵責《かしゃく》なんざ、数日も経てばわからなくなる。いざとなったら俺のところで囲ってやってもいい」

悪魔のような囁《ささや》きに頭がグラグラとなった。

――ほんとうにいいのか。……ほんとうに？

いいわけない。それでも、そうするしかないのだ。

実は覚悟を決めると顔を上げ、まっすぐにシンを見上げた。

「わかり、ました」

「俺の命令を受けるんだな」

「……はい」

答えた途端、目の前が真っ暗になる。ふるえながら立ち尽くす実に、シンは満足そうに頷きながら釘《くぎ》を刺した。

「俺の子飼いとして役に立てよ。裏切ったらアラバルカにおまえの役目をバラすからな」

シンの命令で、実はすぐさま建物の入口へと送られる。牢から連れ出された時と違って丁重に道案内をされ、自分がこの国のために働くスパイとして扱われているということをいやがおうにも痛感した。

外に出た途端、熱気がむわっと押し寄せてくる。

土埃に混じった血の匂いに今しがたの惨劇を突きつけられる思いだ。地鳴りのような怒号も足音も今は消え、横たわるのは怖ろしいほどの静寂、ただそれだけだった。男たちを伴って実が出てきたことで皆が動きを止めたのだ。両軍の兵士もイザイルも、誰もが固唾《かたず》を呑んで成り行きを見守る中、実を案内してきた男が皆に聞こえるように大声で叫んだ。

「我が軍はアラバルカ兵を解放し、いかなる理由をもってしてもこれを追駆しないことを宣言する」

両軍がざわついた。無理もない。今の今までお互い死にものぐるいで戦っていたのだ。それが急に手のひらを返したように終結しては、ふり上げたこぶしも下ろせないだろう。だが男たちはすでに決定事項とばかり、アラバルカの兵を縛り上げていた縄を解くよう仲間に指示を出した。

「行け。シン様の温情を忘れるな」

耳元で脅された後、ドンと背中を突き飛ばされる。
二、三歩蹈鞴《たたら》を踏んだ実は、すぐさまイザイルのもとに駆け寄った。
「イザイル！」

「おまえ、どうして……」

イザイルはまだ信じられないというように実と男たちを交互に見る。

そんな漆黒の武将に、実を案内してきた男は意味ありげな薄笑いを浮かべるのだった。

「アラバルカとはいずれ決着をつける時が来よう。今日のところは仕切り直しだ」

「本気なのか」

「シン様がその男の嘆願をお聞き届けくださった。感謝するがいい」

こちらに向けられたイザイルの視線が痛い。それでも、嘘はどこにもなかった。

いまだ納得はしかねているようだったが、実の奪還という目的は果たしたとイザイルは軍をまとめて帰路に就く。実はイザイルの馬に一緒に乗せられることになった。

疲弊したアラバルカ兵たちは足取りも重く、怪我《けが》をしているものからは時折呻《うめ》くような声も洩《も》れる。それを見聞きするたびに自責の念に胸が痛んだ。

自分が攫われたことで彼らをこんな目に遭わせてしまった。そればかりか、自分はこれから敵のために働くことになる。アラバルカを二度も危険な目に遭わせてしまう。

「…………」

黙りこんだ実をどう思ったのか、イザイルは隊をふたつにわけ、こちらには数人の供をつけてもう一隊を先に行かせた。戦いの現場を目の当たりにして実が怯《おび》えていると思ったのかもしれない。

もともと口数の多くない人だが、今日は一段と言葉が少ない。戦いが不完全燃焼だったのもあるだろう。悔しい最後であったことも。

無言のまま砂の上を行く。

いつの間にか日は落ち、夜の気配がすぐそこまで迫ってきていた。気温も下がりはじめ、肌から熱が奪われていく。ここからさらに砂漠を越えていくのだと聞いて、いっそう申し訳なさが募った。

イザイルは、そして彼に従うアラバルカ兵たちは、こんな遠いところを来てくれたのだ。怪我をしたままこんな距離を帰らせるのだ。自分のせいで。

深い自責の念に、見上げた銀色の月がじわりと滲む。こんなにも悲しい気持ちで夜空を仰いだことはなかった。

「……すまなかった」

不意に、すぐ後ろから低い声が降ってくる。

弾《はじ》かれたようにふり返ると、イザイルが苦しそうな顔をしていた。

「おまえを国の事情に巻きこんで、危険な目に遭わせてしまった。完全に隙を突かれた。俺の責任だ。――できるだけ早く終結させるために前線に兵を割いたのが仇《あだ》になった。おまえたちを残していく以上、国の警護を厚くすべきだった」

失態を詫《わ》びるイザイルに、実はふるふると首をふった。

「謝らなければならないのは僕の方です。イザイルにも、軍隊の皆さんにも、たくさんのご迷惑をおかけしてしまいました。僕が部屋にいさえすれば、こんなことには……」

「敷地の外に出たのか」

「いいえ。でも、温室に」

温室は宮殿の中庭にある。そこなら安全なはずだった。

「戦いと聞いて気が動転してしまって……少しでも気持ちを落ち着けたくて、それで植物の傍《そば》に……」

その時あったことを順番に話して聞かせる。

ラハトの目の前で攫われたことを伝えると、イザイルは一瞬言葉を呑んだ。

「おい。それはどういうことだ」

「わかりません。僕にも、なにがなんだか……」

自分が襲われた時も、拉致された時も、カザの男たちはラハトに指一本触れなかった。

それがとても不思議だったのだ。

そう言うと、イザイルはしばらくなにか考えこむように黙った後で、「わかった」とだけ返した。そうして手綱を握り直し、暗い砂漠の中で馬を操る。眩《まばゆ》いほどの月光が乾きかけた血痕《けっこん》を照らし出した。

「傷…、痛みます、よね……」

実はそっとイザイルの左腕に手を添える。黒衣を裂いて応急処置をした下には生々しい傷が隠れているのだ。彼の頬や肩のあたりにも細い切り傷ができていた。

「気にすんな。こんなの日常茶飯事だ」

「でも」

「国を守るのが俺の役目だ。〈緑に愛されたもの〉のこともな。だからおまえは、なんの負い目も感じなくていい」

一度そう言ってから、なにか引っかかったのか、イザイルは「いや」と言い直した。

「おまえが〈緑に愛されたもの〉だから助けたのは事実だが、それだけじゃない。俺は、おまえがいたから生きて帰ろうと思ったんだ。あんだけ懸命に言われたからな。だから、そこにおまえがいなければ俺が帰る意味はない」

「イザイル……」

強い眼差《まなざ》しに射竦められて言葉も出ない。早鐘を打ちはじめた鼓動とともに見上げていると、ややあって手綱から右手を離したイザイルにポンと頭を叩かれた。

「前を向いてろ。落ちるぞ」

「あ…、はい」

ドギマギしながらイザイルに背を向ける。

夜の砂漠は、シンとしてとても静かだった。隊列が進む音だけが聞こえる。そんな中、銀色の月に照らされながらどちらからともなく言葉を紡いだ。くすぐったいけれど心地いい。後ろから手綱を持った両腕に抱かれていると守られているようで安心した。

「眠かったら凭《もた》れてていいぞ」

すぐ後ろから小さな含み笑いが降ってくる。

「だ、大丈夫です」

「無理すんな。おまえには大変な一日だったんだ。そろそろ気も弛《ゆる》む頃だろ」

「それを言ったらイザイルの方が」

「俺にはいつものことだって言ったろ」

またしてもするりと煙に巻かれてしまう。自分に心配をさせないようにと気遣ってくれているのはわかっていたけれど、こんな時だからこそ実は思いきって言葉を重ねた。

「あの……、イザイルはどうして武将になったのか、訊《き》いてもいいですか」

「なんだよ。急に」

「だって、こんな怪我も日常の一部になるくらい死と隣り合わせの毎日を送っているって知って、その、怖くないのかなって……。僕には想像もつかない世界です」

後ろでイザイルがふっと笑う。そうしてなんの前触れもなく実の頬をゆるく抓《つね》ったかと思うと、「いひゃい」と間抜けな声を上げた実に彼は声を立てて笑った。

「おまえはおもしろいことを訊く」

「イザイルはひどいことをします」

「確かにな。違いない」

いつもは仏頂面の人なのに、なにがそんなにおかしかったのかまだ喉奥で笑っている。そうしてひとしきり実をからかった後で、イザイルは「長い話をするにはちょうどいい」とゆっくり話しはじめた。

「俺が生まれた頃、双子は縁起が悪いって言われてた。ひとつであるはずの命がふたつにわかれた存在だってな。だから先代の王が役割と意味を与えた。サディークは王として、俺は武人として、ともに国に命を捧げよと。……俺たちの父がそうしたように」

「生まれた時から役目が決まっていたんですね」

「王家男児だからな。代々そうしてきた。俺とサディークはふたりで国を背負う、言ってみれば半身みたいなもんだ」

王家に生まれたゆえの宿命。

それがどんなに大変なことなのかまるで想像も及ばない。一般家庭に生まれた自分と彼らとでは、見ている景色も求められることもなにもかもが違いすぎる。運命を毅然《きぜん》と受け止める姿は眩《まぶ》しいくらいだと言うと、イザイルが後ろで苦笑した。

「俺なんかよりサディークの方がずっと重たいものを背負ってる。それが王であるものの務めだ。だから俺はあいつを支えるし、できるだけ生きやすくしてやりたいと思う」

「イザイルは、サディークをとても大切に思ってるんですね」

「……さぁな」

素っ気ない返事とともに後ろから頭をポンとやられる。それが彼の本音なんだと今度は実でもちゃんとわかった。

「さっき、どうして武将になったか訊いたな。……アラバルカは決して豊かな国じゃない。だが俺を育んでくれた大事な場所だ。この国の文化も、伝統も、代々の王と民が命懸けで守り抜いてきたものだ。俺の使命は、それを受け継いで次につなげていくことだ。そのために剣を取った」

歴代の王と同じように、この国に降りかかる火の粉を払い除《の》けるために。大役を担っていることを誇りに思うと語りながらも、イザイルは「だが」と言葉を続ける。

「ほんとうは、戦いなんてない方がいいんだ。誰にだって家族はある。帰る場所がある。だからいつか、すべての民が安心して暮らせる日が来ることを願ってる。今は戦場に身を置く兵士たちも、そして俺も――――いつかは、剣を置く日が来ればいい」

武力のいらない平和な世界を。

生々しい戦いを目の当たりにした今となってはその気持ちが痛いほどわかる。飾らない本音を聞かせてもらうにつれ、これまでイザイルに対して抱いていたイメージも変わっていった。

てっきり怖い人だと思っていたのに。

そう言うと、イザイルは「あぁ？」と不満そうな声を洩らす。

「俺は、ほしいものは力尽くで奪う主義だぞ」

「そんなこと言ったってもう怖くないですよ。イザイルは、ほんとうはやさしい人だって
よくわかりましたから」

「ほんとうはは余計だ」

こぶしで背中をコツンと小突かれ、おかしくなって笑ってしまう。

そんな実につられたのか、後ろでイザイルも声を立てて笑った。

「おかしなやつだ」

「イザイルのせいです」

「なんだと」

口ではそう言いながらも、大きな手がやさしくポンポンと頭を叩く。布の上から何度も
髪を梳《す》くように撫でられて、心地よさにほっとなった。

不思議だ。そうやってやさしくされるほど、身体が強張《こわば》っていたことに気づかされる。

「なんだか力が抜けちゃいます」

照れくささに下を向くと、イザイルは「それでいい」と逞《たくま》しい胸に引き寄せてくれた。

「甘やかしてくれるんですか」

「どうだろうな。俺が甘えてるのかもな」

「イザイルが？」

彼が自分に甘えるなんて想像もつかない。それでも、少しでも疲れた心を癒《い》やせたならうれしいことだ。

「じゃあ、思う存分撫でていいですよ」

「ますますおかしなやつだな」

「イザイルには言われたくないです」

頬を膨らませると、後ろから顔を覗きこんできたイザイルに喉奥でククッと笑われた。

「まったくおまえは……。怖がりなのか、肝が据わってるのかわからんな。人を煽《あお》ったと思ったら落ち着かせもする。目が離せない」

「な、なんです。人を子供みたいに」

「バーカ。褒め言葉だ。ありがたく受け取っとけ」

そう言って強引に押しきられる。そわそわするような、ムズムズするような、不思議な気分だ。それでもやっぱりうれしくて手綱を握るイザイルの手をじっと見る。ほんとうは顔が見たかったけれど、気恥ずかしくてふり返るのはやめた。

漆黒の闇が広がる中。

他愛《たわい》のない話をするふたりを、銀色の月が照らしていた。

騒ぎから一夜明けた今日も、王宮の中には落ち着かない気配が漂っている。

それを肌で感じながら、実は重いため息をついた。

あんなことがあった後では無理もない。昨夜、サディークは一睡もせずに自分たちの帰りを待っていてくれたし、王の半身と〈緑に愛されたもの〉の無事の帰還に重鎮たちも安《あん》堵《ど》した様子だった。

アルなどは、実の顔を見るなり駆け寄ってきて「お守りできずに申し訳ございません」「お怪我はございませんか」と親身になって世話を焼いてくれた。世話係として強い自責の念に駆られたという彼はすっかり気落ちしてしまっていて、こちらの方が心配になったほどだ。だから実はあたたかい湯を使わせてもらい、食事を摂り、ぐっすり眠って元気になった姿を見せることに努めた。いつもどおりふるまう実に、アルは心底ほっとしたように笑うのだった。

そうやって、少しずつ日常に戻りつつある今も後ろめたい思いは消えない。己に与えられた密通者としての立場が実の心に深い影を落としていた。

「…………」

もう何度目のため息になるだろう。

こんな浮かない顔をしていたらアルにまた心配をかけてしまう。ひとりになれる場所を求めて彷徨《さまよ》っているうちに、気づいたら昨日と同じく温室の前に立っていた。

落ちこんだ時ほど緑に触れたくなるのは昔からの癖だ。植物に囲まれているうちにささくれた気持ちが浄化されていくのがわかるから。

それでも今は、中に入ることが怖い。また昨日のようなことがあったらと二の足を踏んでしまう。実はしばらく迷った後で、温室の外から緑を眺めることにした。

直接触れることはできないが、傍にいられるだけでほっとする。アマーラがよく見える場所に腰を落ち着け、ガラス壁に凭れながらこれからのことに思いを巡らせた。

けれどなにを思っても、こみ上げるのは不安しかなかった。

サディークやイザイルがどんな思いでこの国を守っているか、自分はよく知っている。ふたりを裏切るなんて絶対にできない。たとえカザからの遣いが来たところでなにも伝えるつもりもないし、それでも情報を流せというのならデマでも吹聴してやるつもりだ。

「でも、それがバレたら……」

アラバルカ軍が二重、三重に囲まれた光景を思い出し、実はぶるっと身震いした。

自分の嘘がカザに進軍の理由を与えてしまうかもしれない。そうしてまたこの国に厄災をもたらしてしまうかもしれない。

だからといって実情など言えるわけがないし、第一、知りようもない。それでもあの男たちのことだ、知らぬ存ぜぬで通るはずがないことぐらい実にもわかった。

「どうしよう」

ひとりで抱えるにはあまりに重い、けれど誰ともわかち合うことのできない悩みに胸が押し潰《つぶ》されてしまいそうになる。

こんな後ろめたい気持ちを抱いていると知ったら、サディークはなんて言うだろう。イザイルはどんな言葉で自分を罵《ののし》るだろう。命懸けで助けに行ったのに、おまえは俺たちを裏切るのかと――。

「できないよ……この国を売るなんて、僕にはできない」

どうしようもない罪悪感に打ちのめされる。膝を抱え、膝小僧にぎゅっと額を押し当てながら弱音を洩らしたその時だ。

ふと視線を感じて顔を上げると、そこには〈鳥籠の番人〉であるラハトが立っていた。

これから植物の世話をするところだったのだろうか、手には銀の水差しを持っている。

一歩一歩、間合いを確かめるようにしながらこちらに近づいてきた彼は、目の前に立つと睨めつけるように見下ろしてきた。

「まさか、生きて戻るとはな」

「……え？」

一瞬、聞き間違いかと耳を疑う。それは氷のように冷たい声音だった。

「どうやって目を覚ましていただこうかと思っていたが、これはいいことを聞いた……。我が君サディーク様も今度ばかりはおまえを許しはしないだろう」

――今の、聞かれた……？

嫌なものが背筋を伝う。

「ぼ、僕はなにも」

「そんな言葉が通用すると思うのか。私が忠告してやったのを忘れたようだな。おまえはこの国に厄災をもたらすものだ。今すぐ出ていけ。そして二度と戻らないと誓え」

「な……」

あまりに一方的な決めつけに実は言葉を失った。

自分にはサディークとイザイルのふたりに恩がある。サディークには重鎮から剣を向けられた時に身を盾にして庇《かば》ってもらったし、イザイルには命懸けで敵国から救い出してもらった。なんの礼もせず勝手に出ていくなんて絶対にできない。

確固たる思いのもと、黙って首をふる実にラハトは昏《くら》い目を向けた。

「そうか。おまえがそのつもりなら私にも考えがある。――この国に〈鳥籠の番人〉はひとりでいい」

ラハトが踵《きびす》を返して行ってしまう。

遠離《とおざか》る背中を見つめたまま、どれくらいそうしていただろう。

あたりが騒がしくなったと思ったら灰色の長衣を纏った男たちがやって来て、いっせいに周りを取り囲んだ。そうして目を丸くしている実を強引に立ち上がらせる。

「わっ。ちょっ…、なにするんですっ」

あっという間に屈強な男に両脇《りょうわき》を抱えられたかと思うと、身体を二つ折りにするようにして肩に担ぎ上げられた。

「ミノリ様！」

そこにアルが飛んできて、男に縋《すが》る。

「なにをしているのです。ミノリ様をお離しなさい」

「邪魔をなさいませんように。ミノリ様をお連れするようにとの命令です」

「命令？　そんなまさか」

驚くアルを強引に押し退《の》け、男たちは実を担いだまま宮殿の奥へと歩きはじめる。

その扱い方といったらカザの男たちのように容赦がない。王の客人にするとは思えない荒っぽさで黄金の間へと連行された実は、乱暴に床に落とされ、衝撃に呻いた。

「ミノリ様」

後ろから追いかけてきたのだろう。アルがすかさず身体を起こすのを支えてくれる。

「ありがとう、アルさん。大丈夫」

心配そうに背中をさすってくれる彼になんとか笑みを返していると、目の前にコツッと杖《つえ》がつかれた。

見覚えのある黒い杖。

それを辿《たど》るようにしてそろそろと顔を上げると、かつて実の喉に杖を突きつけた重鎮が立っていた。周囲には他の大臣らの顔も見える。その後ろにはラハトにイザイル、そしてサディークの姿もあった。

禍々《まがまが》しい雰囲気にごくりと喉が鳴る。こちらに向けられる眼差しはピリピリとしていて、これが審問の場であることを実に教えた。

静まり返る中、杖の持ち主がおもむろに口を開く。

「そなた、カザと通じているというのは誠か」

「……！」

「よもやこの国を売ろうとしていたとはな。〈緑に愛されたもの〉と偽って王に取り入り、情報を流していたのであろう」

「そっ、そんなことしていません。ほんとうです」

「ふん。どうだか」

必死の訴えにも拘わらず、杖の主は疑わしげに目を眇《すが》める。

「おかしいと思ったのだ。なぜ突然カザが攻めこんできて、この国の人間でもないものを攫っていったのか――――そなたが通じておったからであろう。戦争が起きたと見せかけて王宮内に隙を作り、そなたを攫うふりをして情報を回収したに違いない」

「違います」

「なぜ違うと言える。そなたはなにが目的だ」

「僕は……」

言えるわけがない。首をふるばかりの実に焦《じ》れたように、大臣がカッと目を見開いた。

「この密通者め」

ドン！　と床に杖を打ちつけられて息を呑む。身をふるわせる実を見ていたサディークがとうとうこらえきれなくなったとばかりに椅子《いす》から立った。

「よせ。私はミノリの話を聞こうとは言ったが、一方的に断罪しろとは言っていない」

大臣が毅然と王をふり返る。

「もはやこれは事実に他なりませぬ」

「いいや。そなたはミノリの言葉に耳を傾けなかったではないか。それではなにが真実かわからぬ。私はミノリの話を聞きたい」

サディークはゆっくりとこちらに歩み寄ると、すぐ目の前で片膝をついた。

「大変な目に遭ったばかりのそなたに、このようなことを問うのを許してほしい」

ブルーグレーの瞳には哀憐の色が浮かんでいる。自分のことで心を痛め、そんな顔をさせているのかと思うとたまらなかった。

「そなたがアラバルカの情報をカザに流す役目を負っているとラハトから聞いた。それは嘘か。それとも誠か」

「…………」

まっすぐな眼差しは痛いくらいだ。それでも、どうしても答えることはできなかった。たとえ実行に移したことはなくとも、シンと約束したのは紛れもない事実なのだから。

重たい沈黙が続くにつれて、周囲も徐々にざわめきはじめる。

それを見かねたかのようにイザイルが大股《おおまた》で近づいてきた。

「ミノリ。おまえ、あの時シンになにか言われたろう」

「……っ。どうしてそれを……」

核心を突かれた驚きで、つい言葉が口からこぼれ出る。

結果的にふたりの問いを肯定した実を指し、重鎮たちは「裏切者だ！」と声を上げた。中には「罪人を捕らえよ」と喚《わめ》くものまで現れる。それに腕をふり上げ、制してくれたのはイザイルだった。

「血だのなんだの生々しいもん見たせいでおとなしかったんだと思ってたが……。言え。あいつになにを言われた？」

そんなこと言えるわけがない。

懸命に首をふる実に、それでもイザイルは譲らない。

「おまえがなにを言っても必ず俺が守ってやる。それならいいか」

「……イザイル……」

命懸けで助けに来てくれた時と同じ、熱を帯びた双眼。真剣な眼差しには怒りと悔しさが滲んでいる。自分の立場が悪くなることなど承知の上で、そう言ってくれているのだとよくわかった。

――どうして……。

自分のために、そうまで言ってくれるんだろう。実がひとりでは開けられなかった胸の奥に隠した秘密に、ためらうことなくまっすぐに手を伸ばして。

「ミノリ」

名を呼ばれ、促される。俺を信じろとヘーゼルの瞳が訴えている。

そんなイザイルを見ているうちに黙っていることはできなくなった。彼が本気だからだ。ならば自分も罰を受ける覚悟で腹を括《くく》らなくてはいけない。

実は大きく深呼吸をする。

思いきってシンとの話を打ちあけると、案の定大臣たちはいきり立ったが、イザイルがそれを一喝した。

「俺を助けるためにしかたなく呑んだ条件だ。だから俺の責任だ」

「ですが、イザイル様」

「実が機転を利かせなかったら俺はあの場で殺されていた。疑うなら、俺に従軍したやつに訊いてみろ」

老人たちは困ったように顔を見合わせる。

事実確認のため兵士が数人呼ばれたが、皆「カザに二重三重に包囲されてもうダメだと思ったのに、攻撃が不自然に止《や》んだ」「捕虜であるミノリ様を解放し、帰路いかなる追駆も行わないと約束された」と異口同音に証言し、イザイルの言葉を後押しした。

「だ……、だからと言って、このままにしておくわけには参りませぬ」

杖を持った大臣がはっとしたように首をふる。

「このものはすでにカザと通じた身。サディーク様のお傍に置くわけには」

「だから私は反対だったのです。異世界から〈緑に愛されたもの〉を召喚するなど、災いのはじまりでしかないと」

「サディーク様。国のためにご決断を」

口々に言い募る老猾《ろうかい》たちに、サディークは苦いものを噛んだように顔を顰めた。

彼がなにを考えているか手に取るようにわかる。けれどその原因となってしまった以上、自分に意見する権利はない。

実はただ頭《こうべ》を垂れ、アラバルカ王の裁決を待った。

「ミノリを招いたのは国の将来を思ってのことだ。力を貸してもらう立場にも拘わらず、危険な目に遭わせてしまったことを私は恥じなければならない。彼の判断は正しかったと支持する。おかげでアラバルカの大切な財産を失わずに済んだ」

思いがけない言葉に弾かれたように顔を上げる。

サディークは兵士らを見、イザイルを見、そしてもう一度実に視線を戻した。

「昨日の今日だ。通じていることもあるまい。ミノリ、私はそなたを信じてもよいな？」

「サディーク……！」

――信じてくれるんだ。こんな状況でも。

うれしくて胸がふるえた。ひとりで抱えるにはあまりに重たい荷物を、サディークが、そしてイザイルがともに背負おうとしてくれている。それがこんなにも心強いなんて。

「誓って、なにも」

きっぱりと答えると、サディークはほっとしたように嘆息した。

「そうか。よかった」

「サディーク様。なりません。このようなものを傍に置いては」

「不信の芽は摘《つ》んでおくべきです。アラバルカのためを思えば当然のこと」

大臣たちは目の色を変えて騒ぎ出す。

「牢に囲うべきです」

「監視をつけるべきです」

「不貞の代償を身をもって教えるべきです」

「いい加減にしろよ！」

口々に捲し立てる老人に、それまでじっとこらえていたイザイルがとうとう怒りを爆発させた。

「ちやほやしたと思ったら急に手のひら返しやがって……。なにが災いのはじまりだ。それが王の伴侶《はんりょ》になるものへの態度か」

大臣たちがグッと押し黙る。

イザイルはこちらを一瞥《いちべつ》すると、再び冷たい視線を彼らに向けた。

「こいつをサディークの傍に置くのは反対だと言ったな。それはつまり、アラバルカの神託には従わないってことだ。〈緑に愛されたもの〉の力には頼らないってことだ。この国がどうなってもいいんだな。戦いに次ぐ戦いで、今度こそ滅びるかもしれないんだぞ」

「イザイル。熱くなるな」

サディークが大臣たちとの間に割って入る。

それでもイザイルは話すのをやめようとはしなかった。

「ミノリに条件を呑ませたのは俺の責任だ。そのミノリを伴侶にすることでサディークの立場が危うくなるなら、俺がすべきことはひとつしかない」

「待て、イザイル。おまえなにを……」

「ミノリは俺がもらい受ける」

「なっ……」

サディークが切れ長の目を瞠《みは》る。彼はいつになく焦った様子でイザイルに詰め寄った。

「おまえ、自分がなにを言っているのかわかっているのか」

「王の力を持つのは俺たちふたりだ。そしておまえは、臣民の命を預かるこの国の王だ。俺はおまえもミノリも守る。それだけだ」

「だが、私は彼を……」

「ミノリ」

なおも言い募ろうとするサディークに背を向け、イザイルがこちらに手を伸ばしてくる。強引に立ち上がらされ、そのままドアに向かって連れていかれた。

「イザイル！」

サディークの引き留めにもイザイルはふり向かない。後ろでアルがなにか言っていたが、それももう実の耳には届かなかった。

まるで現実から切り離そうとするかのように早足で歩くイザイルに手を引かれて回廊を抜け、とうとう宮殿の外に出る。このまま要塞を出るつもりかと驚いて何度か話しかけてみたが、答えが返ることはなかった。どこか切羽詰まった様子にそれ以上はなにも言えずただ手を引かれるまま歩く。

彼の言う、伴侶とはどういうことなんだろう。イザイルはどうするつもりなんだろう。わからないまま、それでもついて行くしかない。

しばらくしてイザイルが足を止めたのは、敷地の外れにある小さな建物の前だった。見たところ建築材や様式は宮殿と同じようだが、こちらの方がやや新しい。

「ここは……」

「限られた人間しか立ち入れない場所だ。安心しろ」

ふり返ったイザイルは、王族が静かに過ごすための離宮だと説明してくれた。なるほど、どうりで宮殿と違ってこぢんまりとしている。

扉を開かれ、入るように促されて、実はそろそろと離宮に足を踏み入れた。

しばらく使われていなかったのか、室内の空気がよそよそしい。入ってすぐの応接間を横切り、基壇へと大股で歩きながらイザイルは被《かぶ》っていた布を取った。

アラバルカ男性の正装として常に身につけているそれをあえて外し、昂《たか》ぶった気持ちを鎮めようとするかのように大きな手で髪をかき上げる。それを見ていた実も、同じように頭の布を外した。じわじわとこみ上げてくる焦りや不安を少しでも解放できるような気がしたからだ。

「悪かったな。おまえ無視して強引なことして」

「いいえ。ちょっとびっくりはしましたけど……」

あのままでいたら、苦言を呈する大臣たちと、それを押さえこもうとするサディークできっと険悪な雰囲気になっていたと思う。

とはいえ、イザイルの立場も心配だ。新しいことをしようとするたび衝突する大臣たちとの折り合いがますます悪くなってしまうんじゃないだろうか。

おそるおそるそう言うと、イザイルは顔を顰めながら基壇にドカッと腰を下ろした。

「あんな連中知るかよ。おまえを利用することしか考えてないんだぜ。腹を立てるなって方が無理だ」

「イザイル」

忌々しげに吐き捨てる口調から、彼が自分のために本気で怒ってくれていると伝わってくる。それがなんだかうれしかった。

「ありがとうございます。僕のために……」

「礼なんていい。それに、もとはと言えばすべて俺たちの責任だ」

「俺、たち……？」

それはイザイルだけでなく、サディークも含めてということだろうか。実をこの世界に召喚したことを言っているんだろうか。

首を傾《かし》げていると、イザイルは「これ以上黙ってるわけにはいかないな」と自分に言い聞かせるように呟いた。固く目を閉じ、気持ちを整理するように大きく一度深呼吸をする。

再び目を開いた彼の表情を見て、これから大事な話をされるのだと察した実も真正面から向き合った。

「はじめに、おまえに謝らなきゃならないことがある。俺から、サディークから、そしてその決定を支持した全員から――――。〈緑に愛されたもの〉であるおまえを呼び寄せた真の目的は、王の伴侶になってもらうことだ」

　イザイルが一息に告げる。

　あまりに思いがけない内容に、すぐには理解が追いつかなかった。

「……は、伴侶……？　でもあの、僕は男ですよ……？」

「わかってる。だからこれでも悩んだんだ。おまえにほんとうのことを言うべきかって」

　実が召喚されて来た時、女性でないと大臣たちが騒いだのはそういうことだったのだ。王の伴侶が同性では後継者をもうける目的にそぐわない。

　けれど、その理由を説明されないことには、実はなんのために呼ばれたのかわからないままということになる。イザイルたちの悩みも理解できた。

「そ、そうなんだ……」

　もう一度、心の中で言われたことを整理する。

　――僕は、王の伴侶になるために呼ばれたんだ。

　サディークの凛《りん》とした姿が脳裏を過《よ》ぎる。慈しむように微笑《ほほえ》みかけてくれた顔も。

「あぁ、だからサディークは、あんなにやさしくしてくれたんですね」

「ミノリ？」

「伴侶として召喚した僕に気を使ってくださっていたんですね。男性が来るとは思ってもいなかったでしょうに……」

自分で言いながらなんだか虚《むな》しくなってくる。小さくため息をつくと、イザイルがポンポンと背中を叩いてくれた。

「バカだな。あいつはそんなやつじゃないぞ」

「でも……」

「打算で動くような男じゃないのは俺が保証してやる。なにより、ずっとおまえのことが好きだったしな」

「え？」

驚きのあまり声が掠《かす》れる。

「す…、好きって……？」

「あいつ、おまえに一目惚《ひとめぼ》れだったんだ。だから結婚を申し込むつもりで召喚した。……まぁ、実際のところは男だったが、サディークにとってはそんなの些細《ささい》なことかもな」

苦笑するイザイルを見上げながら、彼の言葉を何度も心の中でくり返した。

——サディークが、僕に一目惚れ……。

にわかには信じられない。あんなに格好いい人が。羨望《せんぼう》の眼差しをほしいままにする、凛々しく気高いあの人が。

不思議な気分だった。同性から好意を向けられていると知っても抵抗がないどころか、そわそわとして落ち着かない。恋愛経験のない自分にはこれがどういう感覚かよくわからないけれど、少なくとも、嫌だとはちっとも思わなかった。

「そうだったんですね。サディークが、僕のことを……」

口にした途端、現実味を帯びたせいで胸がドキドキと高鳴ってくる。ほうっとため息をつきながら胸を押さえていると、なぜか大きな手に髪をぐしゃぐしゃとかき回された。

「わっ。な、なにするんですか」

「俺の前でそんな顔するからだ」

イザイルはなぜか、ムッとしたように眉間《みけん》に皺《しわ》を寄せている。

「おまえは、俺がもらい受けると言ったろう」

「それって、イザイルの伴侶になるって意味ですか？」

「嫌なのか」

「嫌っていうか、考えたこともなくて……。それにやっぱり、男のお嫁さんっていうのはちょっと……」

「俺は構わない」

きっぱりと言いきられて言葉に詰まる。あたふたとするばかりの実の頬を、イザイルは両手で包みながら顔を覗きこんできた。

「王じゃない俺が相手なら、重鎮たちに監視されることはない。跡継ぎを気にする必要もない。誰が攻めてきたって守ってやれる。だから俺の傍にいろ。それが一番安全だ」

「イザイル……」

彼が本気で自分のために言ってくれているのはわかる。事実、イザイルの傍が一番安全だというのも理解できる。それでも、どうしても引っかかることがあった。

伴侶というのは、生涯のパートナーという意味だ。愛し合ったふたりが手に手を取って将来を誓い合うことだ。恋愛経験のない実でも、いや、そんな自分だからこそ、心と心で結ばれる関係をとても尊いものだと思う。

でもこれは、そうじゃない。

「僕にとって、イザイルは大切な人であり、恩人です」

だから精いっぱい言葉を選んだ。

これまで恋愛対象としてイザイルを見たことはないし、逆に彼も、実のことを恋人にしたいわけではないだろう。王であるサディークか、王と等しく力をわけたイザイル、そのどちらかが〈緑に愛されたもの〉を伴侶にしなければならないというこの状況で、使命感に駆られて言っているだけだ。

たどたどしいながらも訴える実に、イザイルは真剣な目を向けた。

「それだけじゃないと、伝えたつもりだったがな」

「え？」

「ただの使命感とやらで、あんな無謀な戦いはできない」

実がカザに拉致された時のことだ。イザイルはわずかな軍を率いてまっすぐに向かってきてくれた。

「おまえを連れていかれたと聞いて頭に血が上った。なりふり構っちゃいられなかった。あとから考えればおかしな話だってわかりそうなもんなのにな」

「イザイル……」

苦笑しながら髪をかき上げるのを呆然と見上げる。

近隣諸国にその名を轟《とどろ》かせ、漆黒の武将と怖れられるほどの人が。尊敬と憧憬《しょうけい》の視線を集める、賢く勇ましいこの人が、冷静さを欠くことがあるなんて。

「なんだよ。そんな顔でじっと見て」

「いえ、その…、イザイルでも焦ったりするんだなと思って……」

「俺をなんだと思ってんだ。こっちは心配で心配で、頭がおかしくなりそうだったんだからな」

隊を指揮し、鼓舞しながらも、理性を保つので必死だったとイザイルは続ける。

それを聞いて、戦いの光景が脳裏に甦った。

「僕も、すごく怖かったです」

濛々と立ちこめる砂埃、馬の嘶き、人々の怒声。たくさんの矢が飛び交い、剣が唸《うな》り、そして多くの人が倒れる様子を生まれてはじめて目の当たりにした。

「あなたになにかあったらどうしようって、そればかりを思っていました。あなたが傷を負うのが耐えられなくて……命のあるうちに退却してくださいって言ったのに、それでもあなたは譲らなくて……僕はっ……」

思い出すだけで身体がふるえる。

「悪い」

すかさず逞しい腕が伸びてきて、ぎゅっと強く抱き締められた。

「すまなかった。嫌なことを思い出させた」

「いいえ。怖かったけど、でも、イザイルは助けてくれたでしょう？」

「ミノリ」

「イザイルはいつも守ってくれますね。同じ男なのに僕なんかとは全然違う……。強くてまっすぐなところ、格好いいなって思います」

不思議だ。こうしてあたたかい腕に包まれていると、銀色の月に照らされながら砂漠を渡ったあの夜のことを思い出す。面と向かったら照れくさくて言えないようなことまですするすると言葉になった。

イザイルがやさしく背中をさすってくれているからかもしれない。ほっとする。それと同時にふわふわして、落ち着いているのにドキドキする。

――なんだろう、これ……。

不安なことはたくさんあるのに全部どこかへ行ってしまう。吸い寄せられるように顔を上げると、すぐそこにイザイルの顔があった。

抱き合っているんだから当然だ。頭ではわかっているのに実感がそれに追いつかない。すぐ近くにある唇に心臓がドクンと跳ねる。まるで心に熱い火種を放りこまれたみたいだ。内側から胸を叩いてたまらない気持ちにさせる。

わたわたと慌てるのがおかしかったのか、イザイルが唇の端を上げてふっと笑った。

「わ……」

大人の男を感じさせる仕草に鼓動はますます逸《はや》るばかりだ。眼差しは熱を帯びて蜜《みつ》のように滴り、実を搦《から》め捕って動けなくさせた。

――なんだ、これ……。

触れたところからドキドキが伝わってしまいそうで、距離を取ろうとするのを腕を摑んで引き戻される。

「ミノリ」

「……っ」

耳元に口を寄せられ、低く掠れた声で名を呼ばれて、ぞくぞくしたものが背筋を這った。

「いつでも俺が守ってやる。だから俺のものになれ」

口説き落とそうとするように回された腕に力がこもる。いくら色恋事に疎い自分でも、それがどういう意味かはすぐにわかった。

頭の芯《しん》がジンと痺《しび》れる。心臓がドクドクと早鐘を打つ。

――なにこれ……どうして、こんな……。

言葉にすることができず、じっと見つめるばかりの実に、イザイルの男らしく官能的な唇が近づいてきた。

「言っとくが、イエスの返事しか聞くつもりはないぞ。俺は本気だ」

「あ、あの、でも……」

「焦らすな。わかるだろう」

グイと頤《おとがい》を持ち上げられ、真剣な眼差しに射竦められる。野生の獣を思わせる、滴るような雄の色香に当てられて息をすることさえも忘れた。

「俺はおまえを、こういう意味で俺のものにしたいと言ってる」

低い囁きが頬を掠めたと思った瞬間、熱いものが唇を塞ぐ。しっとりと押し当てられたそれが角度を変え、深さを変えて執拗《しつよう》に唇を味わうのを、実はただなされるがままに受け止めた。

――イザイルに……キス…、されてる………。

自覚した瞬間、これまでにないほど心臓が深く爆《は》ぜる。それは瞬く間に全身に広がり、頭の天辺から足の先まで、指の一節までもを痺れさせた。

「ん、っ……」

息苦しさに身悶《みもだ》えると、わずかに唇を離したイザイルが「鼻で吸え」と含み笑いながら教えてくれる。そのわずかな呼気さえも、何度も吸われてぽってりと色づいた唇には刺激的だった。

「……は、…ぅ、んっ……」

「ミノリ……」

濡《ぬ》れた唇をちゅっ、ちゅっと音を立てて重ねられ、甘噛みされて、どんどん鼓動が速くなる。そんなつもりなんてないのに鼻から甘えるような声が洩れてしまい、恥ずかしくてたまらないのに抑えられない。無意識に開いた唇のわずかな隙間を縫ってイザイルの舌が咥内《こうない》に潜りこんできた。

「ん、んんっ……」

「閉じるな」

「や…、……ん、ぁっ……」

――なに、これ……どうしてこんな……。

熱い舌にねっとりと歯列を辿られただけで身体がふるえる。それを強引にねじこまれ、

ざらついた表面で舌を擦《こす》り上げられて、はじめての感覚に実は声にならない声を上げた。

こんなのは知らない。こんな自分は知らない。どうなってしまうかわからなくて怖い。

夢中でイザイルの服を握り締めていると、それに気づいた彼はゆっくりとキスを解いた。

「はぁっ…、……っ、……」

うまく息が吸えない。散々舐《ねぶ》られた唇はジンジンと疼《うず》いて痛いくらいだ。身体中に力が入っていたのか汗びっしょりで、おまけに頭がぼおっとした。

「ミノリ」

強引なキスとは裏腹に、いたわるように抱き寄せられる。逞しい胸に耳を押し当てるとドクドクという鼓動が伝わってきて、自分だけではないことに驚いてしまった。

「……イザイルも？」

「そりゃな」

はにかむように笑いながらイザイルは髪に風のようなキスを落とす。

「いきなりで驚かせたら悪かった。俺の気持ちは伝えたつもりだ」

きっぱりと言われて、唇を重ねた時と同じくらい頭の中がくらくらとなった。

――ほんとに、恋愛の意味で僕のこと……。

おそるおそる上目遣いに見上げると、イザイルが困ったように眉尻《まゆじり》を下げる。

「そんな顔すんな。期待するだろ」

「え？」

「早く俺に落ちてこい。ミノリ」

イザイルはそう言いながら白い歯を見せて笑った。それがあまりに印象的で、瞬《まばた》きも忘れて見つめてしまう。今日一日で驚くほど彼のイメージが変わった。鮮やかに色づいたと言っていい。

どれくらいそうして目を合わせていただろう。ややあってイザイルは「少し散歩でもしてくる」と出ていった。風に当たって自分を落ち着かせるのだそうだ。

ひとり残された実は無意識のうちに唇を指でなぞり、つい今しがたの感触を思い出してぼっと頬を赤らめた。

「も、もう……」

イザイルがあんなことをするからだ。おかげでまだ心臓は痛いくらい高鳴っている。

「ファーストキスだったのに」

なにげなく呟いてから、そんな自分に気づいてまたもどうしようもない羞恥《しゅうち》に襲われた。そんなこと、これまで興味もなかったはずなのに。

誰に見られているわけでもないけれど、恥ずかしいことには変わりない。

考えれば考えるほどドツボに嵌《は》まってしまいそうで、実は赤い顔のままふるふると頭をふるのだった。

その日の夜、眠っていた実は話し声にふと目を覚ました。

「寝室はおまえが使え」と譲られてしまったので、隣の応接間にはイザイルがひとりで寝ているはずだ。話し声がするということは誰かが訪ねてきたんだろうか。

物音を立てないように寝床を這い出し、眼鏡《めがね》をかけながら戸口に立つ。細く扉を開けてみるとイザイルの背中が見えた。向かいに立っているのはサディークのようだ。

実を気遣ってくれているのだろう、ふたりとも小さな声で喋《しゃべ》っているのではっきりとは聞き取れないが、昼間の一件について話しているらしい。大臣たちに好き勝手言わせてしまったとサディークは悔しそうに呟いた後で、イザイルに向かって頭を下げた。

「今日はおまえのおかげで助かった。ミノリを守ってくれたことに礼を言う」

「物理的なガードは専門だからな。これからもそうするつもりだ」

「イザイル？」

「ミノリをもらいたい」

イザイルが低い声で告げる。

その瞬間、サディークの纏う空気が変わった。

「どういうことだ。そんな素振りもなかったおまえが」

「気が変わった」

「イザイル」

弟を諫《いさ》める口調にはどこか焦りのようなものが滲んでいる。

そんな兄を、イザイルは挑むように睨めつけた。

「あいつを守れるのは俺しかいない。――ミノリは、温室にいたところをピンポイントに狙われた。よりにもよってそんな場所だ。カザの連中は王宮の間取りを熟知していたとしか思えない」

「そんな、まさか」

「その場にいたラハトは無傷だった、と言えばわかるか」

「……っ」

サディークが息を呑む。信じられないというように端整な顔を歪《ゆが》めた兄に、イザイルはゆっくりと頭をふった。

「この話は近いうち、またすることになるだろう。いったんはおまえに預ける」

「わかった」

失意のため息をつくサディークに、イザイルはなおも言葉を続けた。

「カザは、ミノリだけを連れていった。他のなにも奪わずにだ。あいつらはミノリが王にとって特別な存在だと知っているんだろう。そうでなければ攫う理由がない。……要は、おまえを引っ張り出すいい交渉材料になるってことだ」

　王のアキレス腱を人質に取れば、カザは圧倒的有利な立場で物事を進められる。戦わずしてアラバルカを手中に収めることだって可能だ。

「王の客人ひとりを助けるために軍を挙げた以上、カザはミノリに強い興味を持つだろう。〈緑に愛されたもの〉だと知られるのも時間の問題だ。そうなったらあいつは執拗に狙われることになる。またいつ敵が襲ってくるとも限らない」

「だが」

「おまえの言いたいことはわかる。次は全力で守るって言うんだろう。……だが、戦いに絶対はないんだ。なにが起るかわからない。ミノリを攫われることはアラバルカにとって頼みの綱を奪われるようなもんだ。そうなったら終わりなんだ」

　サディークが苦渋に顔を歪める。

「おまえは認めたくないだろうが、ミノリはすでに内通者としての疑いをかけられてる。いつあの老獪たちに粛正されるかわからない」

「イザイル。なんてことを」

「それが現実だ。武力には武力で対抗するしかない。四六時中守ってやれるのは俺だけだ。それに、俺が娶《めと》れば世継ぎだなんだと騒がれることもない。すべてが丸く収まる」

「……っ」

きっぱりと言いきるイザイルに、サディークは目に見えて狼狽《うろた》えた。

「おまえの言うことはわかる。ミノリの安全を考えたら、おまえに護衛を頼むのが最善だともわかっている。だが、私はミノリを自分の伴侶としたくてこの国に迎えた。おまえの提案は受け入れられない」

「だからって、重鎮たちがそれを許すはずないだろう」

「構うものか。ミノリが内偵を働いた事実などない。私は彼を信じている」

「頭を冷やせ。おまえがどう思おうと、それで辛《つら》い目に遭うのはミノリなんだぞ」

「私が守る。譲れない。これればかりはどうしてもダメだ。私は、ミノリを愛している」

はっきりと言葉にされた瞬間、息が止まった。

――サディーク、ほんとに………。

一目惚れをした時は自分を女性だと思っていたはずなのに。

扉のこちら側で息を潜め、その一挙一動を見守っている実の気持ちが通じたのか、彼は己の中をなぞるようにゆっくりと言葉を続けた。

「ミノリと再会して、彼が男性であることを知った。一度会っていたにも拘わらず性別を間違うなど、大変な失礼をしてしまったと己を恥じた。同性である彼と、どのようにして国を救えばいいかと悩みもした。……だが、答えは私の中にあったのだ」

サディークが胸に手を当てる。

「ともに過ごすうちに、私は再び彼に惹《ひ》かれていく自分に気がついた。ミノリのやさしさ、直向《ひたむ》きさを、私は心から尊敬している」

愛情を惜しげもなく言葉にされ、すぐ目の前に差し出されて胸の奥が熱くなった。心の昂ぶりを表すように全身がふるえはじめる。誰かに想いを寄せられることがこんなにドキドキするなんて知らなかった。こんなに胸が痛くなることも。全部イザイルとサディークから教わった。

こうして愛情を注がれるたびに自分の中がしっとり潤っていくのがわかる。はじめての心地を噛み締める実の目の前で、けれど当のふたりはピリピリとした一触即発の空気を醸しはじめた。

「おまえの気持ちはよくわかった。だが、おまえはこの国の王だ。世継ぎ問題を避けては通れない」

「それがどうした。子ができない王もいよう」

「外交に手が取られてる時にまたあいつらが襲ってきたらどうする。カザに唆された周辺諸国が手を結んで、一斉攻撃をしかけてきたらどうする。おまえは国をまとめる立場だ。伴侶にかまける余裕なんてない」

「それはおまえも同じだろう」

「俺ならどこへだって連れていく。俺の傍以上に安全な場所は他にない」

両脇に垂らされたサディークのこぶしがかすかにふるえているのがここからでもわかる。彼は己を律するようにゆっくりと深呼吸をしたあとで、もう一度頭を上げた。

「ひとつ聞きたい。おまえがそこまでするのは武将としての意地か。それとも、ミノリを想ってのことか」

「決まってる。俺も、ミノリを愛してる」

迷いなくきっぱりと言いきられる。

――イザイルも、本気なんだ……………。

さっきの情熱的なキスこそその証《あかし》だ。熱を帯びた余韻に心がふるえた。

サディークは驚きを隠しきれない様子で、顔を強張らせるばかりだ。いつものおだやかさなど微塵《みじん》もない。その表情は怖いくらいに真剣で、どこか冷たくさえ見えた。

ふたりは黙ったまま互いを睨めつけている。物陰から見守る実にはその時間は一分にも、もっと長いようにも思えた。

先に沈黙を破ったのはサディークだった。

「まさか、おまえがライバルになるとはな……」

「悪いが譲る気はない」

「私もだ。本気でいかせてもらう」

宣言するなり、サディークが踵を返す。

「夜遅くに邪魔をした。万一に備えて今夜はミノリをおまえに預ける。頼んだぞ」

「言われなくとも」

イザイルの返事に肩越しに頷くと、サディークは長衣を翻して出ていった。

離宮に再び静寂が戻る。

ドアに鍵がかけられ、しばらくすると隣の部屋の灯《あか》りが消えた。イザイルも基壇で横になるのだろう。実は急いで眼鏡を外し自分も寝床に戻った。

緊張と昂奮《こうふん》で目が冴《さ》えてしまったせいか、横になっても眠気が訪れる気配はない。ただただ暗い天井を見上げながら今しがたのことを反芻《はんすう》した。

――――まさか、こんなことになるなんて……。

紳士的でやさしいサディーク。

大胆不敵で頼れるイザイル。

血をわけた兄弟であるふたりが、まさか自分を巡って対立することになるなんて想像もしたことがなかった。どうしよう、どうしたらいいんだろうとそればかりが頭の中をぐるぐると回る。

暗闇を見つめたまま、実は見つからない答えを探し続けた。

ふたりの気持ちを知ってからというもの、落ち着かない日々が続いた。

他のことをしていても、ふと気づくとあの夜のことを思い出している。そのたびに胸はドキドキと高鳴ったし、また同時に得も言われぬ不安に駆られたりした。

イザイルはここ数日忙しいのか、ずっと宮殿に詰めっぱなしだし、サディークも最初の夜に訪れたきり離宮に顔を見せることはない。毎日の食事を運んできてくれるアルだけが実の話し相手だった。

アルは、実が退屈しないようにと気を使っていろいろな話を聞かせてくれたり、絵本や楽器など気晴らしのできそうなものを毎日のように持ちこんでくれた。

こんな時、温室で植物に触れることができたらどんなに気持ちが和むだろう。

だがあんなことがあった手前、ひとりで行くのは気が引けた。いつ何時《なんどき》敵が攻めこんでくるとも限らないし、そう何度もイザイルの手を煩わせるわけにはいかない。自分の身はまずは自分で守らなくてはと、実は離宮で息を潜めるような暮らしを続けていた。

そんな実のもとに、次期国王内定の話が届いたのはそれからさらに数日が過ぎてのことだった。大臣たちをはじめ、王の側近にすら事前の相談もなしに突然下された決定だったそうで、夕食を運んできたアルが昂奮気味に事の次第を教えてくれた。

「王宮中この話で持ちきりでございます。まだご即位されて数年というのに、次期国王を指名するのは早すぎると」

「次期国王って、誰を？」

当のサディークは独身だ。世継ぎをもうけるには先に妻を娶る必要がある。

首を傾げる実に、アルは思いがけない言葉を返した。

「イーリャ様でございます。サディーク様の実のお子様ではございませんが、正統な王位継承権をお持ちです」

「え？　イーリャはまだ四歳ですよね。いくらなんでも早すぎるんじゃ……」

「今すぐ王位を譲られるわけではございません。時期が来たらそうするという宣言のようなものです」

とはいえ、とアルは顔を曇らせる。

「通常、このようなことはよくよく話し合って決めるべきと聞いておりますので……」

アルの言いたいことはよくわかる。あまりにも一方的な決定だったのだろう。大臣たちとの間にも当然衝突が起きたようだ。いつもなら話し合いで穏便に解決するサディークが一歩も譲らなかったと聞いて、実は妙な違和感を覚えた。

「そんなことするような人じゃないのに」

「私どももサディーク様のお心を量りかねているのです。側近の話では、とても焦ったご様子だったと」

どうしたんだろう。なにかあったんだろうか。

思いを馳《は》せていると、不意にドンドンと扉が叩かれた。これまで離宮を訪れるものなどいなかっただけに、はっとして顔を見合わせる。

アルが応対に出ると、ドアの向こうには屈強な男がふたり立っていた。

「ミノリ様をお連れするようにと、サディーク様のご命令です」

「サディークが？」

まさに今、彼の話をしていたところだ。そのサディークから呼ばれるとは。

「なにかあったんですか」

「私どもはただ、ミノリ様をお連れするようにと仰せつかっております」

男性たちは胸に手を当てて一礼する。詳しいことはわからない、もしくは言えないということだ。アルの方を見たが、彼にも目的はわからないようで首を傾げるばかりだった。

行ってみるしかなさそうだ。それに、次期国王の話も聞けるかもしれない。

「行きましょう、アルさん」

アルに声をかけると、すかさず迎えの男が「なりません」とそれを制した。

「ミノリ様おひとりをお連れいたします」

「アルさんは昔サディークのお世話をなさっていた方ですよ」

「なりません」

どうも融通は利かないようだ。実は小さく嘆息し、ひとりで行くことを承知した。

「わかりました。アルさんはすみませんが、留守を頼みます」

「かしこまりました」

「では、ご案内させていただきます」

どこか釈然としないものを感じつつ、踵を返した男たちについて歩き出す。夜の王宮は昼間の暑さが嘘のようにひんやりとしていて静かだった。

そんな中、大股で闊歩《かっぽ》する男たちに遅れないようについて行く。案内されたのは意外にも王の間ではなく、以前も訪れたことのあるサディークの私室だった。

――そういえば、ここでイーリャに会ったんだっけ……。

大好きな父親の胸に一直線に飛びこんだ、わずか四歳のかわいいイーリャ。その彼が、父の一存で次期国王に指名された。イーリャはどう受け止めているだろう。そして当のサディークはなにを考えてそうしたんだろう。

悶々《もんもん》としているうちに大きな扉の前に着く。部屋付の護衛は、実を連れてきた男たちと目を見交わすなり中へ向かって声を張った。

「サディーク様。ミノリ様がおいでです」

扉を開けた護衛が「中へどうぞ」と手で示す。ここから先は実ひとりで行くようにとのことなのだろう。連れてきてくれた男性ふたりに目礼すると、彼らは一歩下がって深々と頭を下げた。

室内に足を踏み入れるとすぐ、背後で音もなく扉が閉まる。

中は暗く、すべてが闇に沈んでいた。目が慣れるまでなにも見えなかったほどだ。少しすると、奥の基壇に人が座っているのが見えた。

「サディーク」

窓からは眩いほどの月光が差しこんでいる。これを見たくて灯りを点《つ》けずにいたのかもしれない。

「いい月夜ですね」

そっと声をかけると、サディークがゆっくりとこちらに顔を向ける。銀色の月の光が彼の美しい亜麻色の髪をきらきらと輝かせた。

「ミノリ……？」

「はい」

「来てくれたのか。待っていた」

そう言って大きく両手を広げる。まるで胸に飛びこんでおいでと言われているようで、つい眉尻を下げて笑ってしまった。

「僕はイーリャじゃありませんよ」

「わかっている」

それでもサディークは手を広げたままだ。しかたがないので土間で履きものを脱ぐと、

「失礼します」と断って実はサディークの背に手を回した。

膝立ちで抱擁したので、サディークの顔はちょうど胸のあたりにくる。いつも見上げていた人を腕に収めるのはなんだか不思議な感覚だ。実の背中に腕を回したサディークが、どこかほっとしたように少しずつ身体の力を抜いていくのがわかった。

「会いたかった。そなたに会いたかったのだ……」

サディークは譫言《うわごと》のように呟きながらその高い鼻を、頰を、子供のように擦り寄せる。そっと髪を撫でてやると、彼は胸に顔を埋《うず》めたままうれしそうにふっと笑った。

もしかしたら甘えているのかもしれない。

それに気づいたらなんだかかわいく思えてきて、ぎこちないながらも何度も頭を撫でる。錦糸のように輝く彼の髪を見ているうちに、はじめて王宮を案内してもらった時のことが甦った。あの時も、夕日を受けて輝くサディークに目を奪われたのだっけ。

そう言うと、サディークはわずかに身体を離して微笑んだ。

「私も覚えている。夕映えを受けて光り輝いていたそなたのことを」

「僕はそんないいものじゃありませんよ」

「それならなぜ私はあんなにも胸が苦しくなったのだろう。あの時も、今もそうだ。そなたを想うだけで胸が張り裂けてしまいそうになる」

そっと右手を取られ、サディークの胸に押し当てられる。ドクドクと早鐘を打つ心臓の音が布越しにも伝わってきた。

「サディーク。ドキドキしてるんですか」

「そなたといるからだ」

「僕、と……？」

熱っぽい目で見上げられ、緊張のあまり声が掠れる。無意識に距離を取ろうとした身体は逆に、胡座《あぐら》をかいたサディークの膝に乗り上げるようにして抱きこまれた。

「うれしいのだ。そなたといるとうれしくて、私の身体はこんなにもたやすく熱くなる。離れている間はどうしているだろうと気にかかり、苦しい思いはしていないか、困ってはいないか、寂しくはないかと、そればかりを……」

サディークがまっすぐに見つめてくる。

「なにをしていても、気がつくとそなたのことを考えている。こんなに誰かを想ったのははじめてで自分が制御できなくなりそうだ。私も人の子なのだと気づかされた」

そう言って、彼ははにかむように微笑んだ。

これがあのサディークだろうか。いつも泰然と構え、冷静沈着なはずの彼が実のことで頭をいっぱいにしているなんて。

「どうして……」

とっさに洩れた呟きに、サディークは口の端を持ち上げてふっと笑った。

「どうしてだろうな。私にもわからない。気づいた時にはそなたに心を奪われていた」

右手を取られ、指先にそっと唇を寄せられる。トクンと高鳴った胸の鼓動は細波《さざなみ》のようにたちまち全身に伝わっていった。

「そなたのすべてが愛《いと》おしい。そなたを守り、慈しみたい。私にそう思われるのは嫌か」

一途《いちず》な眼差しに射貫かれる。普通なら女性に向けるはずの言葉だと知っているけれど、嫌な気持ちなんてひとつもなくて、実は首を横にふった。

「そうか。……よかった」

サディークが心底ほっとしたように目を細める。まるで拒絶されることすら覚悟していたような口ぶりに、実はふるふると首をふった。

「あなたを嫌だと思う人なんていません」

「ミノリ?」

「サディークはもっと自信満々にしていいのに。大上段に構えていいんですよ」

そう言うと、ブルーグレーの目がうれしそうに、けれどどこか寂しそうに伏せられる。

「これまではそうしてきた。アラバルカを統べる王として、いかなる時でも雄々しく胸を張ると決めていた。だが、私は弱さを知ってしまった。愛の前で私はただの無力な男だ。剣の力でそなたを守ることもできない」

イザイルのことだ。剣の名手と謳《うた》われたイザイルの存在がそこまでサディークを追い詰めているんだろうか。こんな時なんと言ったらいいかわからず、じっと見つめるばかりの実に、サディークはそっと目を細めた。

「そなたは思ったことが顔に出るな」

「あ…」

「だが案ずることはない。次の王ももう定めた」

「イーリャのことですね。アルさんから聞きました」

このタイミングでこの話が出るとは思わなかったが、どういうつながりがあるんだろう。前のめりになる実とは対照的に、サディークは凪《なぎ》のような眼差しで応《こた》えた。

「私にもしものことがあった時、このままだと次の王はイザイルになる。もしそなたとイザイルの心が通じ、生涯をともにしたいと思ったとしても世継ぎのことで困るだろう。だがイーリャが王位を継ぐことになればイザイルは補佐役として支えてくれるだろうし、そなたを迎えても困ることもあるまい。イーリャもイザイルがついていてくれるなら安心だ。考えた末、皆にとって一番いい選択をしたつもりだ」

愕然《がくぜん》とした。まさか、自分が亡くなった後のことを考慮しての決定だったなんて。

「イザイルがそなたを想っているのは知っている。私とはそなたを取り合う仲だ。よもや兄弟でそんなことになるとは思ってもみなかったがな」

「サディークは、それでいいんですか」

「よくはない。私も男だからな。……だが、もしもということはある。私はただ、イザイルにも、そなたにも、不幸になってほしくないのだ」

「そんな……」

「そなたを任せられるのは悔しいがイザイルだけだ。だから、その道は残したかった」

言葉の重みを噛み締めるほど胸がぎゅうっと痛くなる。

「さすがに誰にも相談できなかった。大臣らに話せば力尽くで止められただろうし、そなたを幽閉したに違いない。そうして必要になった時に慌てて〈緑に愛されたもの〉と重宝するのだ。私はもう、ミノリを道具のように扱う輩《やから》にそなたを触れさせたくはない」

決定を下した後の内部衝突やいかばかりであったろう。それにも拘わらず毅然と言いきるサディークに胸が熱くなると同時に、彼の今後に差し支えるのではと気になった。

「大丈夫だ。心配いらない」

実の考えを読んだかのようにサディークが首をふる。

「それに、イーリャは賢い子だ。王の器にふさわしいと誰もが認めるようになるだろう。あの子を導くのが私の仕事だ。今度こそ国が平和になるように」

「それなら、サディークはいいお手本ですね」

今も立派にその大役を果たしているのだから。

そう言うと、サディークはなぜか顔を曇らせた。

「そうなるべき、だったのにな」

「どうしてそんな顔をするんです。僕は心からそう思っています」

けれど言葉を重ねれば重ねるほど、彼は苦しげに眉間に皺を寄せるばかりだ。なにか思うところがあるのだろうか。じっと話し出すのを待っていると、サディークは大きく息を吸った後で、「ラハトが……」と声を絞り出した。

「カザと、通じていた」

「えっ」

「そなたを悪者に仕立て上げようとしていたのだ」

頭を殴られたような衝撃に言葉を失う。実を連れ去るための手引きをしていたと聞いて、彼だけが無事だった理由がやっとわかった。

「まさか……でも、どうして……」

呆然と呟く。

自分が彼に快く思われていないことはなんとなくわかっていた。これまで温室の管理を任されてきたラハトから見れば、ある日突然やって来て植物の蘊蓄《うんちく》を語る実は煙たい存在だったに違いない。

でも、だからといって、存在そのものを抹消しようとするなんて。

「すべて私のためだったと」

ラハトは事実が判明してもなお、王のためを思ってのことと主張し続けたのだそうだ。曰《いわ》く、王は〈緑に愛されたもの〉に欺されている。〈緑に愛されたもの〉はアラバルカを乗っ取ろうとしている。だから王の目を覚まさせなければいけない。邪魔ものを排除しなければならない。それができるのは、この国唯一の温室を任された〈鳥籠の番人〉である自分だけ。王の忠実なる僕《しもべ》である自分がやらなければならないのだ――。

そんな歪んだ使命感が彼を突き動かしたのだと聞いて、実は深い後悔の念に駆られた。

「僕が、邪魔をしたから……」

彼にとって絶対的な存在であったサディークの関心を引き、彼の味方であるはずの大臣たちからもてはやされたことで、ラハトの理性を奪ってしまった。植物のこととなると周囲が見えなくなる悪い癖だ。自分のせいで彼を追い詰めてしまったのだ。

唇を噛む実に、サディークは力強く首をふった。

「きついことを言うようだが、嫉妬《しっと》しかできない人間はいずれ自滅する。そなたに優れたところを見たのであればそれを敬い、少しでも近づけるように己を磨くことが真の道だと私は思う。どれだけ難しいことであったとしてもな」

人の心はままならない。嫉妬に駆られておかしくなってしまうことだってある。

けれど、そこで踏み止《とど》まるか否かは自分次第だ。

「そなたは私にとってとても大切な存在だ。もちろんこの国にとってもな。だからこそ、勝手な思いこみで排除しようとするなど決して許せることではない」

　緑土というものを持たない砂の国アラバルカにとって、温室はたったひとつの楽園だ。だからサディークは家臣の中でも忠誠心が篤く、仕事熱心なラハトにその大役を任せた。信頼していたからこそできたことだった。

　それなのに――。

「ラハトは任を解き、牢に入れた。己の犯した罪を本気で悔い改めるまで再び信用することはできぬ」

「サディーク……」

　信じていたものの裏切りはどんなにか辛いだろう。それが身近なものならなおさらだ。実は夢中でその手を取ると、そっと胸に抱き締めた。

「ミノリ」

「ごめんなさい。うまい言葉が見つからなくて……。サディークが感じている辛い気持ちを少しでも引き受けられたらと思って」

「そなたには充分してもらった。気を使わなくていい」

「とんでもない。それを言うなら僕の方が」

　そこまで言って、ふと、彼の膝に乗りっぱなしだったことに気づく。

「すっ、すみません。僕ったらいつまでも……」

「私がそうしたくてやっている。慰めてくれるのだろう？」

　膝から下りようとしたところを引き戻され、抱き締められて、再び胸がドキッとなった。何度こうされても慣れることがない。同性だとわかっているのに、サディークに抱き締められるとドキドキして動けなくなってしまう。

　自分が固まっていたせいで、小さく苦笑した彼に「調子に乗ったな。すまなかった」と身体を離されそうになり、実はぶんぶんと首をふった。

「辛い時に慰めてほしいと思うのは当たり前のことですよ。甘えたっていいし、弱音を吐いたっていいんです。サディークは我慢しすぎです。確かにアラバルカの国王様だけど、その前にひとりの人間なんですから」

「ミノリ？」

「皆の前で立派にしていなくちゃいけないなら、僕の前では普通でいてもいいでしょう？僕はアラバルカの人間じゃないし、なにを言っても大丈夫ですよ」

「そなたというものは……」

　サディークは目を瞠った後で、すぐにうれしくてたまらないという顔で「参った」と微笑んだ。

「ますますそなたを愛おしく思う。やはり、私にはそなたが必要だ。この乾いた心を潤してくれる新緑のようなやさしいそなたが」

「サディーク」

「ミノリ。愛している。そなたがほしい」

息もできないほど抱き締められ、ぴったりと合わさった身体から力強い心臓の鼓動が伝わってきて頭がクラクラとなる。いくら経験のない実でもサディークの言っている意味はわかった。抱きたいと言われているのだ。同性である自分を、愛するものとして。

ドクンと心臓が深く爆ぜる。

——どうしよう……。

焦りとも不安ともつかないものが胸の奥からじわりと染み出した。

嫌悪ではない。自分がサディークに対して同じ気持ちを返せるかわからないからだ。

そして同時に脳裏には、もうひとりの顔が浮かんだ。

——イザイル。

全力で守ると言われてうれしかった。情熱的にかき口説かれて、心が揺さぶられたのもほんとうのことだ。その証拠に、自分はまだあのキスを覚えている。

だからこそ、どうしたらいいかわからない。

答えられずにいるうちに、沈黙を承諾と取ったサディークに基壇の上に押し倒された。

「サ、サディーク、ちょっと待って……」

「怖がらなくていい。そなたの嫌がることはしない」

「そうじゃなくて……あ、んっ……」

首筋に唇を寄せられて思わず肩がピクリと跳ねる。自分のものとは思えない甘えた声に
とっさに両手で口を覆ったものの、サディークが聞き逃すはずもなかった。

「聞かせてくれ。かわいいミノリ」

羞恥と混乱で頭の中がぐるぐるする。必死に首をふる実に、サディークは微笑みながら
今度は額に触れるだけのキスを落とした。

「初々しいそなたをこの手で手折るのが惜しくもあるが、これこそ、無上の悦び」

甘やかな眼差しについ吸いこまれてしまいそうになる。

けれど前を開けられそうになった瞬間、我に返ってとっさに胸を押し返した。

「ダ…、ダメ、です。ダメです。まだちゃんと、わかってないから……」

「どういう意味だ」

「僕が、サディークと同じ気持ちじゃないから、こういうのはダメです」

サディークがさっと表情を曇らせる。言葉を選ぶべきだったと思ってももう遅い。彼の
顔には少なからぬショックの色が浮かんでいた。

「そなたも私を憎からず思ってくれていると感じていたが、あれは勘違いだったのか」

「そ、それは……」

サディークに対して、他の人に向ける以上の気持ちを抱いているのはほんとうだ。

でもそれが愛欲かと言われるとわからない。なにより同じ気持ちをイザイルに対しても持っている。ふたり同時に好きになるなんてやっぱりおかしいだろうから、この気持ちは恋愛感情ですらないのかもしれない。

イザイルは今頃どうしているだろう。

サディークの命令とはいえ、匿《かくま》ってくれた離宮を黙って出てきてしまったし、きちんとお礼も言えていない。アルから事の顛末《てんまつ》だけでも聞いてもらえたらいいのだけれど。

「……今、誰のことを考えた？」

不意に、冷たい声が降ってくる。

ギクリとしたのが透けて見えたのか、サディークの顔から笑顔が消えた。

「イザイルを選ぶのか。あるいはもう、選んだか」

核心を突かれて息を呑む。自分から選んだことはなくとも、すでに一度、唇を重ねた。

後ろ暗い思いが募るあまり、実はそっと視線を逃がす。

「なぜそんな顔をする」

「そ、それは……」

「顔を上げてくれ、ミノリ。私に確かめさせてくれ」

頬に手を添えられ、親指で唇に触れられそうになって、とっさにそれを払い除けた。

その瞬間、サディークの纏う空気が変わる。

「そこにイザイルの痕跡《こんせき》があるのか」

「……っ」

図星を指されて身体がふるえた。

「ほんとうなのか、ミノリ。そなたイザイルと……」

「な、なんでもありません」

「ならばなぜ私を見ようとしない。私に後ろめたいことがあるからではないのか」

ここまで言い当てられてしまったらもうごまかすことなんてできない。

思いきって目を上げると、見たこともない表情を浮かべたサディークがじっとこちらを見下ろしていた。怒りと悔しさ、焦りが一体となってブルーグレーの瞳に熱が籠《こ》もる。

「ラハトに裏切られ、その上さらにイザイルまで……。大切にすればするほど、私からはなにもなくなってしまうのか」

「サディーク」

「だがそなたは……そなただけはなくしたくない。ミノリ、私を選んでくれ。私を愛すると言ってくれ」

それははじめて見るサディークの雄の顔だった。双眼は闇に閃《ひらめ》き、真剣な眼差しは痛いくらいだ。あのおだやかな彼がこんな目をするなんて想像もしたことがなかった。

「私の伴侶になると言ってくれ。そなたなしでは生きられない」

なりふりも構わず、まっすぐに捧げられる想いにこのまま呑みこまれてしまいそうだ。ありったけの力で抱き竦められて頭の中が真っ白になった。

――どうしよう。こんなことといけないのに。

イエスの返事は返せない。

それなのに、サディークの気持ちを思うとノーと突っぱねることもできない。背が軋みそうなほど強く抱き締められたまま沈黙に呑みこまれていく。

不意に、サディークが腕をゆるめ、真上から見下ろしてきた。その顔にもう怒りはない。悔しさも焦りもない。ただ哀《かな》しみだけがそこにあった。

「答えてはくれぬのだな、ミノリ。答えないことがそなたの答えか」

「あ…」

「私を選ぶとは言ってくれぬか。そなたの愛を乞《こ》うことさえ私には許されぬことなのか」

「…………」

ぎゅっと目を瞑《つむ》り、唇を噛む。

どのくらいそうしていただろう。力を失ったような声が「……そうか」と告げた。

「そなたの気持ちはよくわかった。ならばもう、失う前にすべて壊してしまおう。永遠に手に入らない愛の代わりに、ただ一度の契りをもらう」

「え？　あっ……」

顎《あご》を押さえられたと思った次の瞬間、熱いもので唇を塞がれる。それがキスだと気づくより早く強引に歯列を割られ、舌をねじこまれて、無防備な咥内を力尽くで蹂躙《じゅうりん》された。

お互いを愛で満たすくちづけとはほど遠い、征服するためだけの接吻《せっぷん》に身体がふるえる。逃げを打つほど愛撫《あいぶ》は執拗になり、どんどんと深さを増した。

「や、……めっ、……ん、んんっ……」

苦しくてたまらないのに、己の意志とは無関係に鼻腔《びこう》を抜ける嬌声《きょうせい》が実を追い詰める。サディークが角度を変えるたびに響く水音が淫猥《いんわい》で、消えてしまいたくなった。

——こんなの嫌だ……こんなの、サディークじゃない……。

息苦しさのあまり涙が滲む。嫌だと思っているにも拘わらず、無垢《むく》な身体は与えられる快感を逃がすことすらできず、丸ごと甘受してしまう自分が耐えられなかった。

もがいた弾みで頭に被っていた布が外れる。逃げようとしたせいで両腕を頭上でひとつにまとめられ、自由すらも奪われた。覆い被さってきたサディークの長い髪がカーテンのように視界を覆い、彼と自分しかわからなくさせる。仄暗いブルーグレーの瞳が月の光を受けて妖《あや》しく光った。

怖い。怖くてたまらない。これからなにをされるのか。自分はどうなってしまうのか。

——お願いサディーク、もとに戻って。もとのやさしいサディークに戻って……。

必死に心の中でくり返す。

けれどどんなに祈っても、願っても、目の前の相手には届かない。横たわる絶望になすすべもなく実は身をふるわせるばかりだ。必死の思いで右腕だけは縛《いまし》めから逃れたものの、下着を取られ、長衣をたくし上げられて混乱と羞恥に指先が空を切った。

露《あら》わになった白い肌を無遠慮に撫で上げられる。のしかかってくる身体を押し返そうとしたものの、それ以上に強い力で上体を倒され、内股《うちまた》に手を入れられて腰が跳ねた。

「あ、…そん、な……」

そんなところに触れられるなんて。

節くれ立った手が実自身をすんでで掠め、焦らすように腹へと方向を変える。下腹を撫で上げた手のひらはそのまま細腰を捕らえ、肋骨《ろっこつ》を辿って胸へと伸びた。

「んっ……」

薄桃色の突起を摘まれた瞬間、みっともないほど身体がふるえる。

「や、だ…っ、やだ……」

男なのにそんなところに触れられて反応するなんて、自分はどうしてしまったんだろう。認めたくないという思いと、くり返し与えられる痛みにも似た快感に涙がじわっとあふれてくる。せめてこの行為が自分で望んだものだったらよかったのに。

――だって、こういうのは好きな人と……大好きな人とするんでしょう……？

胸の中で問いかけても答えはない。

当然だ。サディークの想いに応えるか、イザイルの手を取るか、あるいはそのどちらも選ばないか――そんなことさえ決められなかった。だからこんなことになっているのだ。自分のせいだ。

「ん、んんっ……や、っ……」

ぐにぐにと胸の尖《とが》りを揉《も》み拉《しだ》かれ、捏《こ》ね回されて疼痛《とうつう》のようなものが下腹へ落ちる。覚えのある熱はすぐさま中心に集まり、実を内側からも追い詰めた。

「やっ…、やだ、ぁ……サ、ディ……んんっ」

いやいやをするように首をふればさらにきつく捻《ひね》られる。そうかと思うと膨れ上がった尖りを舌で嬲《なぶ》られ、吸い上げられて、強すぎる快感に実はは<ruby>くはくと喘《あえ》ぐばかりだ。熱い咥内に含まれた胸の先を舌先で抉《えぐ》られ、それと同時に大きな手で下生えをかき回されて、頭がおかしくなりそうだった。

――サディークが、こんなことを……。

遠慮もなければ容赦もない。これは自分のものだと主張するように手のひらが熱い熾火《おきび》を埋めていく。首筋に唇を這わされ、濡れた感触に思わず身を竦めた次の瞬間、ツキッという痛みが走った。

「今だけは、私のものだ」

昏い目をしたその人が闇の中でひっそりと笑う。

それを怖いと思う間もなく、節くれ立った手が実の中心に触れた。

「あっ」

はじめて感じる、自分以外の手のひら。触れられただけで自身が漲《みなぎ》っていくのがわかる。それを彼にも直《じか》に知られているのかと思うと自分が情けなくてたまらなかった。

「サディーク……、も…、やめ、っ……」

離してほしいと訴えても聞き入れられることなどない。初心《うぶ》な花芯がはじめての愛撫にわななき、透明の滴をこぼしてもなお、さらに強い快楽を教えこむようにもっともっとと煽られた。

決して合意の上なんかじゃないのに、それでも快感を拾ってしまう自分が恥ずかしい。触れられたところすべてが火で炙《あぶ》られたように熱くて熱くてたまらなくて、熱に浮かされるまま実は身も世もなく悶え惑った。

限界まで膨らんだ花芯を強く扱《しご》かれ、蜜を絞るように双珠を揉み拉かれて、もうこれ以上息もできない。

「や、ダメですっ……ダメ、そん、な……あ、あ、……あっ…………」

快楽と混乱の渦の中、抗《あらが》う術《すべ》すらないまま実は白い蜜を散らした。

ビリビリと痺れるような感覚にもはや身動《みじろ》ぐことすらできず、されるがままに服を取り払われる。そんな実を見下ろしながら、膝立ちになったサディークも自ら長衣を脱いだ。

月光を背負ったサディークが表情を見せないまま膝立ちで躙《にじ》り寄ってくる。本能的な恐怖から実はとっさに肘をついて身体を起こそうとした。

「逃がさない」

「あ、っ……」

だが獲物を捕らえる獣のような俊敏さで胸を押し返され、再び基壇に縫い止められる。うまく力の入らない身体はされるがままたやすく転がり、腰を押さえつけられた。

「ひっ……」

両足の間に陣取ったサディークの中心が硬く兆していることを自らの後孔でまざまざと思い知らされる。そんなところに熱塊を押し当てられ、ぬめる先端でぬくぬくと蕾《つぼみ》の縁を捲《めく》られて、いやがおうにもこれから行われるであろうことが脳裏を過ぎった。

「やめて、サディーク。いや、そんなの、サディークっ……」

お願い。お願いだから。

必死に思い留《とど》まるよう訴えたものの、悲願は最後まで聞き入れられることはなかった。

「やだ、やだっ……や、ぁあああっ」

両足を担ぎ上げられたかと思うと、そのままひと思いに腰を突き入れられる。開かれることに慣れていない身体は異物の侵入に強張るばかりだ。硬く閉ざした後孔の隙間を力尽くでこじ開けるようにしてサディークの雄が挿《はい》りこんできた。

「あ――……」

身体中が悲鳴を上げる。熱塊を埋めこまれたところからバラバラに壊れてしまいそうで、実は息をすることも忘れて逞しい肩に縋った。

酷《ひど》いことをする相手に縋りつくなんておかしい。頭ではわかっているのにそうするしかないのだ。そんな自分が滑稽《こっけい》だった。

引き攣《つ》れるように痛んでいた後孔からあたたかなものがぬるりと伝う。あまりの無体に皮膚が裂けたのかもしれない。皮肉なことに、鮮血はささやかな潤滑剤となってサディークの挿入をスムーズにした。

長大な雄が強引に隘路《あいろ》をかきわけていく。ズンと奥を突かれた瞬間、サディークのすべてを呑みこまされたのだとわかって頭の中が真っ白になった。

「……はっ」

頭上から艶《つや》めいた声が落ちてくる。息を整える間もなくすぐに抽挿がはじまった。

ずるりと腰を引かれただけで内臓まで引き摺り出される錯覚に陥る。腰を突き入れられるたび胃の腑《ふ》が押し上げられるようで、絶え間ない痛みと苦しみに実は助けを乞うことしかできなかった。

「やっ、……ん、…やめっ……あ、あ、……や、だっ……」

「ミノリ」

「お、ねが……サディー……おね、が……、っ……」

激しく揺らされ、突き上げられて、うまく言葉を紡ぐこともできない。涙で顔をぐちゃぐちゃにして訴える実に、サディークもまた苦渋に顔を歪めながら譫言のように実の名を呼び続けた。

「ミノリ……ミノリ……」

はじめてのセックスは実にとって痛みと哀しみでしかなかった。

身体の苦痛はもちろんのこと、それまで信頼していたサディークに力尽くで組み敷かれ、貫かれる行為は、肉体以上に心を深く傷つけた。

紳士的で頼りがいがあり、誰よりもやさしかったサディーク。国を思い、弟を大切にし、イーリャからも愛される父親だったはずの彼が、人が変わったようになったことが耐えられなかった。

それなのに、心とは裏腹に身体は快楽に引き摺られていく。

「……ぁっ、……や、……っ…………」

痛みに萎《な》えていた前に手を伸ばされ、弱いところを二度、三度と攻め立てられて、苦痛でしかなかったはずの行為にそれだけではないものを見つけてしまう。一度欲望を煽られてしまえば火種は瞬く間に燃え上がった。

抽挿に合わせて花芯を扱かれ、無理やり高みに連れていかれる。痛みと快楽がない交ぜになり、なにも考えられなくなった。

「あ…っ、……あ、あぁっ…………」

「……くっ」

サディークが低い呻きとともに実の奥深くで爆ぜる。

中を濡らされるはじめての感覚に戸惑いながらも、実もまたサディークの手淫《しゅいん》によって二度目の精を放った。

肩に縋っていた腕がパタリと落ちる。

身動ぎひとつできないまま、どれくらいそうしていただろう。極めた余韻に浸っていられたのはほんの一瞬のことで、我に返った途端目の前が真っ暗になった。

——僕は、最低だ………。

それは、受け止めるにはあまりに重たい現実だった。

本気で嫌だと言ったくせに自分は確かに快感を得た。最後は訳もわからなくなるほどに。

吐精したのがなによりの証拠だ。自らの放った残滓《ざんし》に自己嫌悪で死にたくなった。

自らを引き抜いたサディークが後始末を終え、もう一度こちらに手を伸ばしてくる。

「……っ」

大きな手を見た途端、先ほどのことが甦って実は大きく息を呑んだ。恐怖のあまりカタカタと身体がふるえる。今度はなにをされるんだろう。自分はどうなってしまうんだろう。

恐怖しかなかった。

力の入らない身体で逃げようとした弾みに眦《まなじり》からぽとりと涙が落ちる。実の心底怯えた様子を見て、サディークははっと目を瞠った。

「私は……私は、なんということを………」

呆然とするサディークと目と目が合う。

その瞬間、彼はもう自分の知っているサディークではなくなったのだと思い知らされた。自分もまた、これまでの自分とは違う。心が通わないセックスで吐精するような浅ましい人間だったと気づいてしまった。

「すまなかった。……謝って済む話でないことはわかっている。だが今の私にはそれしかできない。ほんとうに、ほんとうにすまなかった」

実の身体に毛布をかけると、サディークはひとり部屋を出ていく。

実はただ、絶望とともに扉が閉まるのをじっと見つめた。

＊

意識が水面の上をゆらゆらと漂っている。

あたたかで、おだやかで、痛みも苦しみもない静かな世界だ。羊水の中にいるようで、ずっとこうしていたくなる。肌触りのいい毛布にくるまりながら小さくなって眠っていた実は、ドアの開く音に意識を引っ張り上げられた。

もっと眠っていたかったのにと思いながら目を開けると、誰かが自分を覗きこんでいるのがわかる。そういえばなにか言っているようだ。ぼんやりしていて気づかなかった。

ゆっくりと瞬きをくり返す。緩慢な動作で顔を向けると、土間に立っていたのはアルだった。

「ミノリ様」

やっとのことで自分を認識した実に胸を撫で下ろしかけたアルだったが、その顔を見るなり彼ははっと言葉を呑んだ。

どうしたんだろう。

訊《たず》ねようとしたのだけれど、何度やっても声が出ない。ぱくぱくと口を動かしては首を傾げる実を見て、アルも察したのだろう。

「なんとおいたわしい……」

まるで自分の方が痛くてたまらないような顔で彼は涙を浮かべた。

「サディーク様から謝罪の言葉を言いつかって参りました。ほんとうはご自分で誠心誠意謝るべきだとわかっているが、ミノリ様には今は顔を合わせることも辛いだろうと……。お手紙をお預かりしております。お元気になりましたらどうぞご一読くださいませ」

――サディークの、手紙……。

どんなことが書かれているか読まずともわかる。きっと深い後悔とともに身を切られるような思いでそれを書き、アルに託したのだろう。

けれど自分には、彼だけを悪者にする気にはなれなかった。

本気で想いを伝えてくれたのに、きちんと意思表示できなかった。イザイルに嫉妬心を向けさせるようなことをしてしまった。口では嫌だと言いながらも快楽を甘受し、最後はみっともなく溺《おぼ》れてしまったのだから。

「…………」

実は両手で顔を覆う。己の浅ましさに絶望するばかりだった。

合わせる顔がないのは自分の方だ。酷いことをしたのは自分の方だ。だから謝らないでほしい。それにもう、自分たちは壊れてしまった。今さらどうしようもないのだから。

「私が精いっぱいお世話をさせていただきます。ミノリ様のお心が、どうか少しでも早く癒えますように」

アルのやさしい声が薬湯のように心に沁《し》みる。

献身的に看護してくれる彼に、これまでなら感謝の言葉も伝えられたものを、今やそれすらできない自分が情けなかった。

身体を清めてもらい、再び寝台に横になる。食事を勧められたがとても喉を通りそうになく、水だけを飲んで昏々《こんこん》と眠った。

次の日も、また次の日も、食欲は湧《わ》かないままだった。

実の様子はアルを通してサディークに伝えられているらしく、実に食べさせてほしいと水分を多く含んだ果物なども届けられた。

この国では、食料のほとんどを輸入に頼っている。ただでさえ乾燥した土地で、それがいかに貴重な品なのかはわかっていたが、食指が動くことはなかった。

それでも、一口でもとアルが懇願するので気力をふり絞って口を開けたが、強いストレスによって胃が食べものを受けつけなくなっているのか、すぐに戻してしまった。

無理をさせたと詫びるアルに首をふるだけで精いっぱいだ。彼のせいではない。自分が悪いんだ。心に傷を負ったぐらいで身体までおかしくしている脆《もろ》い自分が。

日一日と経つごとに身体は弱り、代わりにサディークの想いが可視化された手紙や見舞いの品が増える。

とうとう耐えきれなくなった実は、身ぶり手ぶりでアルに頼んでそれらを部屋から撤去してもらった。心遣いを突っぱねるようで心苦しくもあったけれど、己の浅ましさがまざまざと思い出されてこれ以上見ていられなかったのだ。

寝台の端で毛布にくるまり、小さくなって眠るだけの日々。

せめて植物の傍で、その青々とした匂いで肺を満たせたら少しは気分も晴れるだろうに、昔は当たり前にできていたことが今はもう叶《かな》わない。

このまま寝台の上で自分は弱っていくのだろうか。

ありあまる時間の中でぼんやりとそんなことを考えた。すぐに、それじゃいけない、と自分の中の誰かが言う。起きなくては。立って歩かなくては。でも、どこへ？　なんのために？　どれだけ待っても答えが返ることはなかった。

きっと、もとの世界には戻れない。ここで暮らしていかなくてはいけない。それこそ、なんのために生きるのだろう。どうして生きているのだろう。知らぬ間に涙がぽろぽろとこぼれる。

いつの間にそこにいたのか、アルが黙って涙を拭《ふ》いてくれた。

「お辛いのですね。お気持ちお察しいたします」

実はゆっくりと瞬きを返す。この頃は頷く気力も残っておらず、それが唯一できる返事の代わりだった。

アルはいつものとおり身の回りの世話をしてくれた後で、じっと顔を覗きこんでくる。そうして覚悟を決めたように小さくひとつ頷いた。

「温室から、鉢をひとつ持って参ります。せめてものお慰みになりましょう」

「……っ」

実は弾かれたように首をふった。

そんなことをしたらアルが罰せられてしまう。この国にたったひとつしかない温室から貴重な植物を持ち出すなんて重罪だ。自分のせいで彼が酷い目に遭うのだけは嫌だった。

「サディーク様に嘆願いたします。ミノリ様のためならきっとお許しいただけましょう」

アルは請け負ってみせたけれど、それでももう一度首をふった。

これ以上、自分のことで王宮の中をかき回したくない。それに、温度や湿度が徹底管理された環境で育った植物が、外で生き長らえられるとはとても思えなかった。

そんな実に、ならばとアルは思いがけない提案をよこした。

「ご一緒に温室に参りましょう。私が責任を持ってここからお連れいたします」

それはいけない。もっといけない。実は三度《みたび》力をふり絞って首をふった。

サディークが自分をここからもとの客間に移さないのは、監禁の意味だと知っている。王の私室にも拘わらず自らの部屋を提供し、翌日から決して足を踏み入れようとしない。それはつまり、実がここにいるということが、自分の私室を取り戻すことより彼にとって重要なのだ。

そんな実の脱走を手伝ったとなってはアルは罰せられてしまうだろう。

実は必死に固辞しようとしたが、今度はアルが譲らなかった。

「こんな状態のミノリ様を黙って見ているなんてもうできません。せめてお好きなものの傍にお連れしたいのです。幸いにも本日は重要な謁見があり、サディーク様をはじめ皆様は黄金の間にお集まりです。人目も避けられましょう。ですからどうか、ミノリ様」

アルが必死に嘆願する。こんなふうになってまで、自分のために心を砕いてくれる人のいることに、もうとっくに壊れたと思っていた心がゴトリと動いた。

——ここにいても死ぬのを待つだけだ。それなら、思いきって外に出よう。

腹を括って頷いてみせる。

アルは破顔とともに一礼すると、実のために灰色の長衣と頭巾《ずきん》を用意してくれた。彼が着ているのと同じ、王宮で働くものたちが身につける服だ。これなら、万が一遠目に見られたとしても実とわかることはないだろう。

アルに手伝ってもらって身支度を調え、ふらつきながら部屋を横切る。扉を開け、注意深く左右を確認したアルの合図で実はいよいよ足を踏み出した。

タイル敷きの廊下はシンと静かで、焚《た》きしめられた香に混じってどこかから砂の匂いが届く。今日も風があるのだろう。熱風に誘われるように装飾アーチから外を眺めた実は、懐かしい景色に目を細めた。

空の青、砂の赤。乾いた風の吹きさらす音。

ほんの少し離れていただけなのに、どうしてだろう、それらをやけに懐かしく感じる。

同時に、そんな景色を無邪気に楽しんでいた頃の自分はもういないのだと突きつけられる思いがした。

頭に被った布で顔を隠しながら人通りの少ない道を行く。

できるだけ平静を装ってはいたが、床から出たばかりの身体は立っているだけでも辛く、さらには日の高い時間ということもあって頭が朦朧《もうろう》となりはじめた。

——いけない。頑張らなくちゃ……。

ここで倒れたら、またアルに心配をかけてしまう。自分のために危険を冒してまでこうして連れ出してくれたのだ。その気持ちを無駄にしたくなかった。

周囲に気を配りながら先を歩くアルの背中を懸命に追いかける。あと少し、もう少しと自分で自分を励ましながら歩いたものの長くは続かず、眩暈《めまい》をやり過ごすために壁に手をついたが最後、ずるずるとその場に崩れ落ちた。

「ミノリ様」

アルが慌てて駆け戻ってくる。「大丈夫ですか」と訊ねられても頷くので精いっぱいで、とても顔を上げて微笑むことも、もう一度立ち上がることもできそうになかった。

「申し訳ございません。私が無理をさせたばかりに」

そんなことない。ほんとうによくしてくれたと思ってる。それなのに、彼に伝えるための言葉がなにも出てこない。

——ごめんなさい、アルさん。ごめんなさい。

心の中で詫びながら荒い呼吸を宥《なだ》めていると、誰かが歩いてくる足音がした。できるだけ人目を避けていたのに、こんなところで踞《うずくま》っていたら不審に思われてしまうかもしれない。無視して行きすぎてくれますようにと祈るような気持ちで身を硬くする。アルも実を隠すように背を向けて立ち塞がった。

けれど必死の祈りも虚しく、足音の主はふたりの前で立ち止まる。ぎゅっと目を閉じたまま息を殺した時間は一分にも、それ以上にも長く思えた。

「……………もしかして、ミノリか？」

言い当てられてビクリとなる。顔を上げられないでいる実に代わり、後ろをふり返ったアルが「あっ」と声を上げた。

「イザイル様」

「なにしてんだ、こんなとこで。おい、大丈夫か」

実の様子にただならぬものを感じたのか、イザイルがしゃがんで顔を覗きこんでくる。

声の出せない実に代わって、アルが手短に経緯を告げた。

「温室に行く途中だったのです。最近のミノリ様はお元気がなく、お心を癒やすには緑の傍がよいだろうと……。けれど具合が悪くなってしまわれて、休憩されていたのです」

アルの説明に、イザイルは注意深く耳を傾けている。そうしてもう一度こちらに視線を戻すと、すべてを見透かすようにじっと実の目を見据えた。

「ただ元気がないってレベルじゃないだろ。なにがあった。……って、訊くより休ませる方が先だな。今すぐ部屋に戻れ。運んでやるから」

腕を伸ばしかけたイザイルが、ふと、なにかに気づいたように手を止める。

「……おまえ、なんで灰色の服なんか着てるんだ」

指摘にビクリと肩が竦んだ。理由を話すということは、サディークとの間にあったことまで打ちあけるということになる。唇を噛み締め俯《うつむ》く実になにか思うところがあったのか、イザイルは小さく嘆息した。

「訳ありってことか。わかった」

イザイルはそれきりなにも訊かず、黙って実を担ぎ上げる。横抱きにされた途端、頭上から「ミノリ、おまえ……」と驚いたような声が降った。

「なんでこんなに軽くなったんだよ。カザから馬に乗せた時はもっと重かっただろ」

「申し訳ございません」

アルがすまなさそうに頭を下げる。

それに一瞬だけ動きを止めたイザイルだったが、すぐに思い直したように前を向いた。

「話はあとだ。今はとにかく休ませる」

そう言って足早に離宮へと運ばれる。

ここもまたイザイルとの思い出が残る場所だ。冷たい水を飲ませてもらい、横になっているうちに少しずつ眩暈も治まってきた。

アルが甲斐甲斐《かいがい》しく介抱してくれる横で、イザイルがドカリと基壇に腰を下ろす。

「あの日、ミノリが突然連れていかれて驚いた。サディークの命令だと知って何度も直談判に行ったが、まるで話にならない。それどころかこいつを自分の部屋に閉じこめて……。あれじゃただの監禁だ。どうなってるんだ、サディークは」

もどかしさと苛立ちをない交ぜにイザイルが吐き捨てる。

「せめてミノリが納得してんならまだしも、なんでここまで窶《やつ》れてんだ。いったいなにをされたんだよ、おまえは」

「……」

「ミノリ？」

思わず目を伏せる。

代わりにアルが「お声が出ないのです」と説明してくれた。

「なんだと。どういうことだ」

「今はお辛い時なのです。どうかお心の傷が癒えるまでご寛恕《かんじょ》ください」

お茶を用意すると言ってアルが出ていく。

離宮にはふたりだけが残された。

「なにがあったっていうんだ」

「……」

ため息をつくイザイルに答えることもできず、申し訳ない思いで首をふる。

よしんば声が出たとしても、あの夜のことを赤裸々に話して聞かせるのはためらわれた。力尽くで組み敷かれながら、それでも快楽を得てしまった自分など浅ましいと思われてもしかたがない。せめてなにも知らないイザイルには嫌な気持ちになってほしくなかった。

それに、サディークがそんなことをしたと知ったら兄弟の溝はますます深まってしまう。だから絶対に知られてはいけない。

「ミノリ」

大きな手が伸びてきて、いつかのように髪に触れられる。

「……っ」

条件反射でビクッと身を竦めてしまい、それを見たイザイルが訝《いぶか》しげに目を眇めた。

「ミノリ？」

もう一度、今度は目を合わせながら頬に手を伸ばされる。

けれど上から覆い被さってこられた瞬間、サディークに組み敷かれた時のことを思い出して意志とは無関係に身体がふるえた。自分でもどうしようもない。止められない。目の前にいるのがイザイルだとわかっていても怖くて怖くてたまらなかった。

「おい。おまえ……」

ガタガタと怯える実にイザイルはこれ以上ないほど目を瞠る。その唇が「嘘だろ……」と動いた瞬間、彼はすべてを察したのだとわかった。

身を起こしたイザイルは真一文字に唇を引き結び、ただ一点を睨《にら》むばかりだ。言葉にならない思いを昇華しきれずにいるのか、血管が浮き出るほど強く握り締めたこぶしを床に叩きつけた。

「ちくしょう！」

吐き出される怒声が身を切られるように辛い。自分のせいで彼が嫌な思いをしている、それだけはわかった。

イザイルは眉間に深い皺を刻み、目を閉じたまま深呼吸をくり返している。そうやって必死に自分を抑えているのかもしれない。

どれくらいそうして険しい横顔を見上げていただろう。

立ち上がったイザイルが戸口にいる護衛になにかを伝える。ちょうど戻ったアルからも茶器を受け取り、彼にも外すよう言い渡した。そうして銀盆を持ってくるなりぎこちない手つきでお茶を淹《い》れてくれる。

「飲めるか」

お茶を飲んで落ち着こうということなんだろう。

自分のせいで不快な気持ちにさせてしまったのに、それでもまだ一緒にお茶を飲んでくれることにほっとしながら、実はよろよろと身を起こした。

イザイルは手を貸してくれようとしたが、実の肩に手を回しかけて慌てて引っこめる。なにがあったかすべて察した今となっては、こんな身体に触れるのは嫌だろう。苦い顔をするイザイルに、せめて気にしないでほしくて実は懸命に微笑みながら首をふった。

――大丈夫。わかってる。そんな気持ちにさせてごめんなさい。

そうしてイザイルが淹れてくれた甘い紅茶を一口飲む。疲れきった身体にはまろやかな甘みが心地よかった。心が解《ほぐ》されていくのがわかる。こうしてみてはじめて、自分がいかにそれを欲していたかに気づかされた。

「ミノリ。風呂《ふろ》に入ろう」

空になった茶器を預けるや、イザイルが提案してくる。

――いけない。

暑い中を歩いたせいで、汗くさくなっていたかもしれない。

「違う。そうじゃない。俺の気が済まないだけだ」

言われていることがわからなくて戸惑ったものの、イザイルはお構いなしに実を浴室へ連れていった。さっき護衛に命じていたのは風呂の支度だったんだろう。

国の存続と引き替えに緑土を失ったアラバルカ。

雨が降っても水分を蓄えてくれる木はなく、人々の努力なしに水を貯蓄しておくこともできない。だからこの国にとって水は木と同じく貴重なものだ。そのため一般的な入浴はサウナで、湯船に湯を張るというのは限られた人間の贅沢《ぜいたく》だという。自分のためにそこまでしてもらうことに申し訳ない思いが募った。

せめて身綺麗《みぎれい》になってその気持ちに応えようと脱衣所で服に手をかけたものの、指先に力が入らずうまくできない。もたもたしていると、そんな実に焦れたのか、イザイルが手を伸ばしてきた。

「いいから、おまえはまっすぐ立ってろ」

そんな面倒まで見てもらうなんてますます申し訳ない。これならアルを呼んでもらった方がいいかもしれないと思っていると、考えを読んだかのようにイザイルから「俺がやる」と釘を刺された。

あっという間に着ていたものを取り払われる。眼鏡まで外され、ぼんやりとした視界でキョロキョロとあたりを見回しているうちに、気づくとイザイルも服を脱いでいた。

至近距離に飛びこんできた逞しい上半身に驚いたのも束《つか》の間、左の肩から鳩尾《みぞおち》にかけて裂傷の跡があることに気づく。ずいぶんと広い傷だ。顔を上げると、「昔、ちょっとな」と苦笑で煙に巻かれた。

「ほら、それより入るぞ。洗ってやる」

イザイルも一緒に風呂に入るのだとわかって驚いた。いくら王宮の浴場とはいえ、大人ふたりで入るには些《いささ》か手狭だ。それでも、貴重な湯を自分ひとりで使わせてほしいなんてとても言えない。

おそるおそる従うと、イザイルは宣言どおり、実の身体を隅々までていねいに洗ってくれた。そうして先に実を湯に浸《つ》からせ、その間に彼自身の身も清めて後から入ってくる。

さすがにふたりだと身体のどこかが触れてしまいそうで、でもこんな自分とくっつくのは嫌だろうからと実は一生懸命小さくなった。

それなのに。

「こら、なにしてんだ」

イザイルに肩を引かれ、浴槽に凭れかかった彼に後ろから包まれるような格好になる。ふたりで馬に乗った時みたいだ。これには実も驚いてしまった。

――どうして、こんな……。

戸惑う実を落ち着かせるように、イザイルはくり返しくり返し手でお湯を掬《すく》っては肩にかけてくれる。まるで「おまえはとても大切なものなんだ」と教えるように。

ちゃぷん、ちゃぷん、と水音が響く。硬く強張っていた身体が少しずつ解されていく。

あたたかいお湯が、やさしい手つきが、心まで溶かしていくようだった。

ほうっと大きく息を吐く。

甘い紅茶といい、お風呂といい、イザイルのおかげで少し元気になれたかもしれない。

そう思った矢先だった。

「すまなかった」

思いがけない言葉に顔を上げる。

後ろをふり返ると、イザイルは苦み走った顔でこちらを見ていた。

「また、おまえを守ってやれなかった」

ヘーゼルの目が悔しそうに眇められていく。

「サディークに、無理やり……、されたんだな」

「……っ」

はっきりと言葉にされた途端、肌が粟立《あわだ》つ。こんな顔をイザイルに見られたくなくて、実はとっさに顔を背けた。

「ミノリ。すまなかった。ごめんな」

何度も何度も詫びるイザイルに、実は懸命に首をふる。

――イザイルのせいじゃない。イザイルが悪いんじゃない。

逞しい腕が前に回され、イザイルの胸に引き寄せられる。息も止まりそうなほど後ろからぎゅうっと抱き締められて胸の奥が熱くなった。

自分とはまるで違う、鍛え抜かれた戦士の身体。

その彼が、声を絞り出すようにして詫びてくる。深い自責の念に囚《とら》われているんだろう。せめてその誤解だけでも解きたくて、実は抱き竦められた姿勢のまま無理やり首を捻ってイザイルを見た。

ヘーゼルの瞳を見上げ、ゆっくりと首をふる。それでもちゃんと伝わったようには思えなくて、実は一生懸命笑みを浮かべた。

――大丈夫。イザイルのせいじゃない。こうしてくれてうれしいよ。気持ち悪いって言わないでいてくれてありがとう。

自分の顔は、きっととてもぎこちないものだったろう。あんなことがあってから表情を変えることさえしていなかった。だから笑おうとしただけで頬が硬く強張ってしまう。

それでもイザイルは思いを汲《く》んでくれたようで、うれしそうな、それでいて泣きそうな複雑な表情になった。

濡れた髪をやさしく梳かれ、キスされて、自分の気持ちが伝わったんだとほっとする。イザイルには泣いてほしくない。どんな時も雄々しく気高く、ずっとアラバルカの誇りでいてほしい。

髪を撫でてくれていた大きな手を取り、そっと頬を擦り寄せる。すると、まるでそれが合図だったかのようにやさしく頤を持ち上げられ、唇に触れるだけのキスをされた。

「嫌か」

小さく問われ、首をふる。

イザイルはふっと含み笑うと、再び唇を重ねてきた。

唇を食《は》まれ、何度も甘く吸われるうちに、胸の奥から熱いものが迫《せ》り上がってくる。

どうしてこんなにドキドキするんだろう。そしてどうしてこんなに心地いいんだろう。

自分はやっぱりどこかおかしいのかもしれない。同性なのに。サディークともしたのに。

触れられたところから溶けてなくなってしまうみたいだ。

なにかに縋っていたくて無意識のうちに手を伸ばしたものの、その肩に触れるより早く力を失って落ちる。ぱしゃんと湯を跳ね上げながら湯船に沈んでいく腕を掬い上げられ、そっと指先にくちづけられた。

そのまま指を口に含まれ、舐め上げられて、あらぬ感覚が背筋を伝う。敏感な手のひらから手首、肘の内側へと唇を這わされていくほどに、実は身を捩《よじ》って惑うしかなかった。

やわやわと、だが確実に熱を灯《とも》されていく。息が上がってしまうのが恥ずかしくてしかたないのに、どうしてもこらえることができない。腕を摑むのと逆の手で脇腹を撫でられ、そっと下腹を探られて、実は湯の中で弱々しく身悶えた。

「くそっ……。ダメだ、止まらねぇ。おまえの身体のことを考えたらこんなことするべきじゃないのはわかってるんだ」

けれど言葉とは裏腹に、肉厚の唇が項《うなじ》を食む。

「……、……っ」

首のつけ根から襟足までを熱い舌で舐め上げられ、ぞくぞくとしたものが駆け抜けた。

「おまえの傷を癒やしてやりたい。前みたいに笑えるようにしてやりたい。それなのに、俺は……っ」

自分でもどうにもならないとばかりに首筋を強く吸われる。ツキッとした痛みは燠火となって瞬く間に身体中に広がっていった。

――イザイルが、迷うなんて……。

ほしいものは力尽くで奪う主義だと豪語していた人だ。強引に貪《むさぼ》ることになんの躊躇《ちゅうちょ》もないはずなのに。

――イザイル。

心の中で名を呼びながらふり返る。

彼は、見たこともない顔をしていた。雄としての欲情と人としての焦燥をない交ぜに、ギリギリのところで理性を保とうとしている。糸が切れたらあっという間に崩れてしまいそうなものをその強靭《きょうじん》な精神力で支えている。

「ミノリ」

掠れた声で名前を呼ばれ、心臓がドクンと跳ねた。

「愛してる。……おまえがほしい」

耳元の囁きに鼓動はどんどん高まるばかりだ。実は目を閉じ、自分の胸に手を当てた。声も出ず、ひとりでは湯浴みすらできなくなった自分にも渡せるものがひとつだけある。それをほしいと思ってもらえるなら、よろこんで彼に差し出したい。

ゆっくりと瞼《まぶた》を開き、承諾を伝えるためにこくりと頷く。

驚きに目を瞠ったイザイルは、ややあって情熱的なくちづけでそれに応えた。

「ミノリ……」

男らしい少し厚めの唇が押し当てられ、熱も、吐息も、すべてを奪い尽くそうとするかのように吸い上げられる。息苦しさに喘ぐ間もなく熱い舌が潜りこんできて歯列を割り、たちどころに実の舌に絡みついた。

「……っ、……」

身体を捻ったままでは深くくちづけることができない。それに焦れたのか、イザイルに強く肩を引かれて身体を反転させられ、その勢いで熱い湯が波打った。裸の胸に引き寄せられ、真上からキスの雨を浴びる。艶めいた唇は髪に、額に、頬に、そして唇に、あますところなく彼の想いを染みこませていった。

大きな手が実の細腰を撫で下ろし、そのまま下肢へと伸びる。両手でグイグイと双丘を揉みこまれ、あまりの猥《みだ》りがわしさに目を閉じていても眩暈がした。

「足、開けるか」

イザイルの肩に頭を乗せたまま小さく頷く。促されたとおり膝立ちになって足を開くと、双丘を鷲摑《わしづか》みにしていた手が後ろまで伸びた。

「……っ」

後孔に触れられた途端、肩がビクリとなる。そこでサディークとつながった時のことが思い出され、いやおうなしに全身がふるえた。

それを察したのだろう。イザイルの手が背中に伸びてきて、ゆっくりと撫でてくれる。

「大丈夫だ。おまえが怖がることはしない。気持ちいいことだけしてやる」

――イザイル……。

奪うようにしたっていいのに。ほしいと思ってもらえたらそれでいいのに。

目で訴える実に彼は口角を上げてふっと笑う。それから子供をあやすように髪に何度もくちづけを落とすと、もう一度「大丈夫だ」と請け負ってくれた。

イザイルがそう言うなら、きっと大丈夫だ。怖くなんかない。

呼吸が整うのを待って彼の手が再び秘所に触れてくる。はじめはゆるゆると蕾を撫で、それからぐるりと周囲を撫でてと、もどかしくなるほど時間をかけて慣らされた。ほんとうは、そんなところに触れられるだけで恥ずかしい。それでも大切にされているのがわかるから、実はぎゅっと目を瞑って羞恥に耐えた。

「挿れるぞ」

「……っ…、……」

ぬうっと太い指が潜りこんでくる。それと同時に熱いお湯も。ゆっくりとした挿入だったからか痛みはなかったものの、はじめての感覚に落ち着かない。たまらなくなって腰を揺らすと、イザイルが含み笑うのが気配でわかった。

「いい子だ」

それがどういう意味か問う間もなく指がもう一本増やされる。みっしりとした圧迫感に惑いながらも、実の中はそれに順応するかのように収縮をくり返しながらイザイルの指を呑みこんでいった。

時間をかけて埋めこまれたかと思うと、すぐに強引に引き摺り出される。それを何度もくり返されるうち彼自身でかき回されているように錯覚した。頭の中がぼおっとなって目の前のことしか追えなくなる。

気がつくと、三本に増えた指を貪欲《どんよく》に食んでいる自分がいた。

「よし。よく頑張ったな」

ゆっくりと指を引き抜かれる。

中をいっぱいにされることに慣れた後孔は突然の喪失感に戦慄《わなな》いた。そこがジンジンと疼いて、まるで自分の身体じゃなくなったみたいだ。どこもかしこもとても熱くて息をするのもままならない。

「湯あたりしそうだな。ミノリ、立てるか」

　先に立ち上がったイザイルにグイと引っ張り上げられる。けれど蹈鞴を踏んでしまい、そこではじめて足に力が入らなくなっていることに気がついた。逞しい胸に縋りながら慌てて下を向いた視界に、なぜか膨らんだ自身が飛びこんできてギョッとなる。慌てて手で隠そうとしたものの、それを見逃すイザイルではなかった。

「おまえが気持ちよくなったって証拠だ。隠すな」

　片方の手でしっかりと腰を支えられ、もう片方の手で自身に触れられる。二度、三度と扱かれただけで強烈な射精感に襲われてしまい、実はふるふると頭をふった。

「我慢すんな。達《い》っていい」

　いけない。そんなことをしたら大事なお湯を汚してしまう。

　懸命にこらえようとする実をイザイルが追い上げにかかる。敏感な裏筋を辿って括《くび》れへ、そして丸く膨らんだ先端へと、執拗な愛撫をくり返されて目の前がチカチカとなった。

「……、…っ……」

　小刻みに身体をふるわせながらそれでも吐精をこらえていると、なにを思ったかイザイルが浴槽の中で膝立ちになる。そうして今まさに絶頂を迎えようとする実自身をその口に咥えた。

「……っ、っ……、……っ」

熱い咥内に迎え入れられ、舌を絡められればひとたまりもない。じゅっと音を立てて吸われた瞬間、実はイザイルの口の中で高みを極めた。

花芯どころか下腹も内股も、すべてがビリビリと痺れて息もできない。生まれてはじめての口淫は目も眩《くら》むほどの快感だった。

だがふと、イザイルの口に放ってしまったことに気づいてはっとなる。慌てて彼の方を見ると、大きな喉仏が上下するところが見えた。衝撃的な光景に呆然となるばかりの実にイザイルは口角を上げてニヤリと笑った。

「そりゃ飲むだろ」

「……！」

すぐにイザイルにも同じことをしようとした実だったが、「俺はいい」と断られてしまう。代わりに右手を取られ、漲った彼自身に導かれた。

「これから、これをおまえの中に挿《い》れるんだ」

自分の手の上から手を添えられ、その大きさを教えるように二度、三度と扱かされる。それは自分とは比べものにならないくらい大きく張りがあり、浅黒く光っていた。

――これが、イザイル………。

思わず、ごくりと喉が鳴る。

不安が顔に出ていたか、イザイルが安心しろというようにやさしくくちづけてくれた。

「言ったろ。気持ちいいことだけしてやるって」

寄りかかっていろと壁に背中を押し当てられる。その冷たさに驚いたのは一瞬のことで、すぐになにもわからなくなった。片足を担ぎ上げられ、下肢をぴったりと触れ合わされる。後孔に熱塊が押し当てられた瞬間、そこがヒクンと反応するのが自分でもわかった。

「力、抜いてろよ」

頷くと同時に塊がググッと挿ってくる。指とは比較にならない圧倒的な質量に実は息を呑んだ。身体がミシミシと音を立てているのがわかる。でもここで少しでも腰を引いたらイザイルはやめてしまうだろうから、実は浅い呼吸をくり返しながら懸命に力を抜くことに努めた。

「……っ……っ、っ……」

小刻みに身体を揺すられ、少しずつイザイルを受け入れていく。大きく張り出した笠《かさ》を呑みこんだ後は一息で、そのまま最奥までを貫かれた。

ズン、と奥を突かれたと同時に一瞬だけ意識が飛ぶ。無意識に中を締めつけていたのかイザイルが「くっ」と低く呻いた。

「全部挿った」

イザイルの声も掠れていて余裕がない。今はそれがうれしかった。

ゆっくりはじまった抽挿はすぐに勢いを増し、力強いものになっていく。不安定な体勢ではしがみつくこともままならず、何度もずり落ちそうになるたびにイザイルが逞しい腕で抱き上げてくれた。

「この格好じゃおまえが辛いな」

持ち上げられていたのと反対の足も腕に担ぎ上げられる。身体がふわっと浮いた瞬間、イザイルとつながったその一点に重力が集まり、これ以上ないほど奥深くまで貫かれた。

「……、っ……」

みっしりと雄を埋めこまれ、それでもなお、もっともっとというように揺さぶられて、実は身も世もなく悶えるしかない。熱塊で中をゴリゴリと擦られるたび、その切っ先が最奥を突くたびに、頭の中が真っ白になった。

「ミノリ……ミノリ……」

切羽詰まった声で名を呼ばれて、胸の奥が熱くなる。心臓は壊れたように早鐘を打ち、もうなにもわからなくさせた。

覚えのある熱が迫り上がってくる。瞬く間に高みへと連れていかれる。

「……っ、っ、……っ――」

一際強く腰を打ちつけられた瞬間、実はまたも白濁を散らした。一度も触れられることなく極めた花芯は、とぷとぷと蜜を滴らせてもなお上を向いたままだ。収縮する中をかき回すようにして突き上げられ、吐精しながらもさらに達した。

「はっ……達く、ぞ……」

足を抱え直したイザイルがいよいよ抽挿を激しくする。

ガツガツと貪るように欲望を叩きつけられて何度も意識が飛びかけた。ふっと遠退《とおの》きかけては全身をドロドロに溶かす快感に引き戻され、訳もわからなくさせられる。根元深くまで埋めこまれたまま身体を揺すられるとひとたまりもなかった。

「……っ…、……」

「ミノリ……」

熱い奔流を注がれた瞬間、瞼の裏に火花が散る。それはきらきらとした光となって実の中に降り注いだ。

楔《くさび》が引き抜かれると同時に、支えを失った身体がぐにゃりと崩れる。

それきり意識も闇に沈んでいった。


気づいた時には寝台に寝ていた。

イザイルが浴室からここまで運んでくれたのだそうだ。濡れた身体を拭いて髪を乾かし、寝間着まで着せてくれたと知って申し訳ない思いに駆られた。

けれど、当のイザイルはまったく意に介していないどころか、さらに甲斐甲斐しく世話を焼こうとする。

「病み上がりなのに無理させたな」

謝られ、実はとっさに首をふった。そんなことない。自ら望んでそうしたことだ。

思いをこめて見上げると、イザイルはやわらかに相好を崩した。

「いつか、おまえをこの腕に抱きたいと思ってた。それがほんとうに叶ったんだな……」

驚いた。イザイルがそんな顔をするなんて。漆黒の武将と怖れられ、幾度もの修羅場を戦い抜いてきたその人が。

「ありがとう」

手を取られ、そっと手の甲にくちづけられる。

けれどそんなおだやかな空気は、イザイルの次の言葉で一掃された。

「これでもう、思い残すことはなにもない」

――――イザイル……？

それはどういう意味だろう。どうして、そんなに清々《すがすが》しい顔をするんだろう。

胸騒ぎがした。問いたいのに声が出ないせいで言葉にならない。イザイルの腕に縋り、じっと見上げることしかできない。

「そんな顔すんな。なにも今すぐ死のうってわけじゃない」

髪をくり返し撫でながらイザイルはおだやかな笑みを浮かべた。

「俺にもしものことがあったらサディークに助けてもらえ。あいつなら、自分の命に替えてでもきっとおまえを守ってくれる」

――そんな……。

嫌な予感に胸の奥がざわざわとなる。

サディークも言っていた。自分にもしものことがあったらイザイルが守ってくれると。どうしてこのふたりはそんなふうに言うんだろう。自分を愛していると言いながらも、ライバルであるはずのお互いに託すようなことを。

「ほんとは俺の馬に乗せておまえも一緒に連れていきたいところだけどな。その様子じゃきっと耐えられない。だからここに置いていく。いい子で待ってろよ」

突然の別れの言葉にはっとした時にはもう、彼は踵を返した後だった。

――イザイル！

届かない声をふりきるように漆黒の武将が部屋を出ていく。

声が出ないということを今ほど悔やんだことはなかった。せめて追いかけていって話を聞こうと思ったものの、すでに限界を越えた身体は意識を保つことすらできない。

実は崩れるようにして再び寝台の上に伏した。

どれくらい眠っていただろう。

目が覚めると、あたりは薄暗くぼんやりとしていた。もしかして丸一日眠ってしまっただろうか。この頃いろんなことがありすぎて時間の感覚すらよくわからない。

よろよろと身を起こしたところで、ちょうどアルがやって来た。

「ミノリ様」

いつもなら気持ちのいい笑顔を向けてくれる彼の様子がなんだかおかしい。強張ったその表情から、王宮でなにかあったのだとすぐにわかった。

それでもアルは実には報せないつもりか、なにげない話をしながらお茶を淹れてくれる。あたたかくて甘い紅茶だ。イザイルが淹れてくれたのをおいしく飲んだと、彼から聞いて同じようにしてくれたんだろう。

ならばと、実は身ぶり手ぶりでアルにも同じものを飲むよう勧めた。

「いけません。ただのお世話係がお茶をご一緒するなど」

はじめのうちは頑《かたく》なに断ったアルだったが、実がどうしてもと目で訴えると、最後には折れてくれた。

――我儘《わがまま》言ってごめんなさい、アルさん。

心の中で彼に詫びる。それでも、どうしても、あたたかいお茶で彼にほっと一息吐いてほしかったのだ。

アルのためにていねいにお茶を淹れる。

ふたりで器を持ち上げ、一口飲むと、お互いにほうっと小さなため息が洩れた。

「おいしゅうございますね」

アルの表情も心持ちやわらいだような気がする。それがなによりうれしかった。

だから実は思いきってアルの手を取り、自分の両手で上下に包んだ。

――なにがあったんですか。話してください。

声は出ずとも口を動かすことならできる。

アルは実の言葉を目を逸《そ》らすことなく受け取って、そうして眉間に皺を寄せた。

彼にこんな顔をさせるようなことが起こっているのだ。サディークが次期国王を指名した時ですらこんな苦しそうな顔はしなかった。まさか、もっと悪いことが起こっているんだろうか。この国を揺るがすような大きなことが……？

ハラハラとしながらアルの言葉を待つ。

おそらく箝口令《かんこうれい》を敷かれているのだろう、表情とは裏腹に彼の口は重たい。迷いだってあるだろう。それでもどうかと一心に見つめていると、やがてアルは覚悟を決めたように大きく息を吸いこんだ。

「ミノリ様のご心労を思えば私の口からお話しすべきではないかもしれません。それでもおふたりのことを思ってくださるなら……聞いていただけますか」

実ははっきりと頷く。

それに後押しされるように、アルは真剣な表情で告げた。

「近隣諸国が連合軍を結成して攻め入って参りました。非常事態のため、サディーク様もイザイル様も兵を挙げ、出撃されております」

「……！」

国境付近はすでに戦火の渦だそうだ。一週間前に宣戦布告があったと聞いて、ふたりの言葉が脳裏を過ぎった。

――そなたのことを信頼して任せられるのはイザイルだけだ。

――俺にもしものことがあったらサディークに助けてもらえ。

こうなることを予想していたのだ。

そんなふたりが、今年最後の一粒となったアマーラの種を持って行ったと聞いていても立ってもいられなくなった。貴重な種は国家の一大事にしか使わないと聞いた。つまり、それぐらい背水の陣を敷いているということだ。

急いで追いかけようとしたものの、アルに力尽くで止められる。

「なりません。ミノリ様をお守りすることが王宮に残ったものの役目です。どうかお心をお鎮めくださいませ」

懸命に言葉を紡がれ、嘆願されて、それを無下にすることはできなかった。

第一、無防備な自分が出ていったところで彼らの役に立つどころか、標的にされるのがオチだ。身柄を拘束されようものなら逆にアラバルカの動きを封じる手駒《てごま》にされてしまう。カザに監禁された時のことが甦り、実はふるふると首をふった。

もう二度と迷惑はかけたくない。アラバルカの兵たちを自分のために二度と危険な目になんて遭わせたくない。だけど、じっとしていることもできない。

――僕は、どうすれば……。

悶々とする実を落ち着かせようと、アルは果物を剝《む》いてくれた。

「こんな時こそ召し上がってくださいませ。食べなければミノリ様が死んでしまいます。それでは戻ってこられた時におふたりも悲しまれましょう。どうか、一口だけでも」

ふたりのためと思えば、ものを食べる気力も湧いた。

林檎《りんご》に似た、爽やかな香りのする果物を一口囓《かじ》る。シャクッとした歯応えと甘みが心地よく、あっという間に最初の一口を食べ終えると、もう一口、もう一口と後を引いた。

「ようございました……。召し上がれるようになりましたね」

アルが感極まったように目を細める。そんな顔を見ているうちに、自分が彼にどれだけ心配をかけていたかを痛感した。

――ごめんね、アルさん。ありがとう。

感謝の気持ちとともに出された分を平らげる。

彼の言ったとおり、こんな時だからこそ食べものを胃に入れたことで不思議と気持ちが落ち着いた。なにより久しぶりの満腹感が心地いい。こうしてみてはじめて、自分の身体は食べものを欲していたんだと気がついた。

「ミノリ様。私から不躾《ぶしつけ》なお願いをすることをお許しください。もしご寛恕いただけますなら、サディーク様のお手紙を読んでみてはいただけないでしょうか」

――え……？

アルはそう言って手紙の束を差し出してくる。

以前、毎日のように届く謝罪の手紙をアルに持ち帰ってもらったことがあったが、その時よりも数が多い。不思議に思って手紙とアルとを交互に見ると、彼は疑問に応えるように静かに頷いた。

「あれから毎日、書かれたものです。今日は受け取ってもらえるだろうか、今日は読んでもらえるだろうかと書き綴《つづ》っては私にお預けになりました。お渡しできなかったことをお伝えしても、それでもサディーク様はお手紙を綴ることをおやめにならずに……」

それは実が離宮に移ってからも続けられたのだという。

「ミノリ様を離宮にお連れしたことをお詫びした時も、サディーク様は私を罰しようとなさらないばかりか、『ミノリを頼む』とだけおっしゃいました。サディーク様はミノリ様を大切にできなかったことを心から悔いておられます。どうか、どれかひとつだけでもお目通しいただけませんでしょうか」

——サディークが、そんなことを……。

己の浅ましさに嫌気が差し、謝罪を受けることさえできずに背を向けていた間も、彼は自責の念に苦しみながら手紙を綴っていたなんて。サディークの本気に向き合えなかった自分だって悪いのに。

「……っ」

ふるえる手で便箋《びんせん》を開く。

そこには、几帳面《きちょうめん》な字で実への謝罪が綴られていた。

アラバルカの王と異国に生まれた〈緑に愛されたもの〉。国を守るために出会うべくして出会ってからずっと、実のことだけを想ってきた。心から実を大切に思い、愛を乞うのにふさわしい男になりたかった。

けれど自分は、一時の激情に駆られて決して赦《ゆる》されないことをしてしまった。これまで築き上げてきた信頼を失ったばかりか、実を深く深く傷つけた。裏切られて辛い気持ちは誰より知っているはずなのに、同じことを実に強いた。

どんな謝罪も、実の傷を癒やすものにならないことはわかっている。謝って済む話ではないことも。だから自分は生涯この罪を背負って生きる。今はただ、この深い後悔だけが自分を生かし続けている——。

次の手紙、次の手紙と読んでいくうちに、彼の思いに心が千切れてしまいそうになる。

こんなに苦しんでいたなんて。サディークがこの手紙を綴る間、自分は自分の心の傷を癒やすことで精いっぱいだった。

どうしてあんなに苦しかったんだろう。どうして悲しかったんだろう。

くり返し手紙を読みながら、はじめて自分自身に問いかける。

――僕、は……。

やさしかったサディークが、人が変わったようになったから。

好きかどうかわからないうちに無理やり奪うようにされたから。

だから怖かったし、苦しかった。心も身体も痛かったし、とてもとても悲しかった。

――だって気持ちを重ねたかった。

そう。自分は気持ちを重ねたかった。お互い同じ気持ちで向き合いたかった。

サディークのことは嫌いじゃない。一緒にいると楽しくて、見つめられるとドキドキして、自分に好意を持っていると言われて胸が熱くなった。抱き締められるとほっとして、その姿を目で追うだけでいつもたまらない気持ちになった。

この気持ちの名前を、自分はずっと知らずにいた。あるいは気づかないふりをしていた。はじめての経験で見当もつかず、胸を高鳴らせるだけで満たされていた。それを失う日が来るかもしれないなんてまるで思いもしなかったのだ。

連合軍相手に出撃していったというサディーク。

もしかしたら、彼はもう帰らないかもしれない。もう二度と、会えないかもしれない。手紙を読んだことも、返事を伝えることも、あの時向き合えなかったことへの謝罪さえ、できないかもしれないのだ。もう一生。

――嫌だ。

ドクン、と心臓が鳴った。

それと同時にようやくわかる。自分は、彼に惹かれていたんだ。人として、男性として、気持ちを寄せはじめていたからこそ、それを踏み躙られたようで悲しかった。もう少しだけ心が追いつくのを待ってもらえたらこんなことにはならなかったかもしれないのに。けれど、それを言ってももう遅い。いや、こんなことがなければもっともっと長い間、彼への気持ちに気づけなかったかもしれないのだ。

サディークの笑った顔。驚いた顔。うれしそうな顔。そして情欲をたたえた顔さえも。そのすべてを知った上で、彼に向かう気持ちを止められない。気がついてしまえばもうずっと前からそこにあったのだとはっきりわかる。

――僕、サディークが好きなんだ……。

生まれてはじめての恋心に戸惑いながら瞼を開く。けれど目に映るのは、サディークの悲痛な思いばかりだった。

一度たりとも謝罪を受け入れてくれとは言わない。もう一度やり直すチャンスがほしいとも。

もしかしたら、彼はもう自分への気持ちを断ちきってしまったかもしれない。あるいは無理やりにでもそうしようと己を駆り立てているかもしれない。やっと、わかったのに。やっと気持ちが追いついたのに。

涙が音もなく頰を伝う。

すぐ傍にいたアルがそれをやさしく拭ってくれた。

「ミノリ様はおやさしい方ですね。サディーク様のお手紙を読んで、こうして泣いてくださった」

実はふるふると首をふる。

自分はやさしくなんかない。やさしいのはサディークの方だ。こんなふうにずっと気にかけてくれた彼の方だ。

「ミノリ様」

強く唇を嚙み締める実に、アルが不意に間合いを詰める。

「意地悪なことをお訊きしますがどうかお許しください。……サディーク様とイザイル様、おふたりが無事に戻られた暁には、どちらをお選びになりますか」

「……っ」

息を呑む実に、アルはすべてわかっているというように頷いた。

「私などが出しゃばっていい話でないことは重々承知しております。ですが、私にとってサディーク様もイザイル様も、そしてミノリ様も同じように大切な御方です。これ以上苦しんでほしくないのです」

言い聞かせるようにゆっくりと背中をさすられる。そのやさしい手つきにふとイザイルを思い出した。

彼は最後まで気持ちを押しつけたりしなかった。どんな時もまっすぐに、そして命懸けで守ってくれた。

イザイルの腕に包まれていると不思議と気持ちがほっとなる。なにがあっても大丈夫だと身を任せることができるのだ。それがとても心地よくて、そして同じだけドキドキした。ぶっきらぼうな人なのに笑うと妙に人懐っこくて、怖い人という印象は日々鮮やかに塗り替えられた。実の気持ちを置いてきぼりにしないようにと常に気遣ってくれる人だった。

――イザイル……。

そのひとつひとつを思い出すたびに胸がぎゅうっと痛くなる。大切にしてくれていた。ほんとうに。これ以上ないくらい自分は大事にされていたんだ。

イザイルの笑った顔。怒った顔。はにかんだ顔。そして情欲を隠さぬ顔さえも。

そのすべてを知った上で、彼への気持ちもまた知らぬ間に大きくなっていたことを悟る。

こんなことがあっていいのだろうか。こんな不誠実な答えなんて許されるのだろうか。

――僕、イザイルのことも、好きなんだ………。

サディークとイザイル。どちらをどれほど好きかなんて比べられないのに。

胸が詰まって息もできない。こみ上げるものを抑えきれず、実は両手で顔を覆った。

「ミノリ様。申し訳ございません。私が余計なことをお訊きしたばかりに……」

アルの言葉に俯いたまま首をふる。

――ごめんね、アルさん。

謝らなければいけないのは自分の方だ。覚悟の足りない自分の方だ。だからどうか謝らないでほしい。大切なことに気づかせてくれたのだから。ここからは先は、ひとりで答えを出さなければいけないのだから。

気持ちを切り替えるようにふうっと大きく息を吐き、顔を上げた、その時だった。

「伝令でございます！」

慌ただしい足音が近づいてきたかと思うと、扉が勢いよく叩かれる。

はっとしてそちらを見る実に、アルが「私が頼んでおいたのです」と教えてくれた。いざとなったら実を連れて逃げられるよう、離宮にいる自分に戦況を報せるよう手筈《てはず》を整えていたと聞いて、彼の用意周到さに驚かされた。さすが、あのふたりの世話係を長年務めただけはある。

アルが立っていって扉を開けると、兵士と思しき男性がひとり立っていた。

彼は恭しく一礼するなり青ざめた顔で伝令を読み上げる。

「連合軍の力は予想以上に強く、我がアラバルカ軍は苦戦を強いられ後退中。前線を指揮しておられたイザイル様は矢を受けて落馬。お命に別状はないものの、兵士たちの士気が下がりかけております。また、後陣のサディーク様も危険な状況と」

「……！」

「それはほんとうなのですか」

アルと顔を見合わせる。血の気が引き、たちまち目の前が真っ暗になった。

——どうしよう。どうしたら。イザイルが。サディークが……！

気づいた時には駆け出していた。

兵士の脇を強引にすり抜け、裸足《はだし》のまま外に出る。アルの制止は聞こえていたけれど、それでも足を止めることはできなかった。

長く伏せっていた身体のいったいどこにこんな力があったのか、縺《もつ》れる足を一歩、また一歩と出して実は駆ける。気管がヒューヒューと不穏な音を立てても足を止めることなく一心不乱に中庭を目指した。

自分でもどうしてそうしたのかはわからない。「今こそ緑のもとに行け」という内なる声に突き動かされるまま駆けた。

焦りでぶるぶるとふるえる手を制しながら温室の扉を開ける。一直線に駆け寄ったのはアマーラだった。

奇跡を起こすこの花なら、ふたりを助けてくれるかもしれない。

ここにはアマーラの種も王の力もないけれど、自分が〈緑に愛されたもの〉だというのならもしかしたら祈りが通じるかもしれない。今はどんなことでもいい。少しでも希望につながるならと、実はぎゅっと鉢を抱き締める。

追ってきたアルも実を見て察したのか、一緒になって祈ってくれた。

「偉大なるアラバルカの神よ。祝福の父よ。どうか、あなたの子である我らの祈りをお聞きください。アラバルカをお守りください。サディーク様とイザイル様をお守りください。どうかおふたりが無事にお戻りになりますように」

声が出ない実に代わってアルが祈りの言葉を唱えてくれる。地に額《ぬか》ずく彼の横で、実も懸命にふたりの無事を祈った。

少しすると指先があたたかくなってくる。それは鉢に触れている手のひらから、腕を通って身体の中へゆっくりと染みこんできた。まるで光を呑みこんでいるようだ。胸の中まではのかにあたたかくなり、深い安心感とともに不思議な静寂に包まれた。

アラバルカの神のご加護かもしれない。願いを聞き届けてくれるのかもしれない。そのわずかな可能性に賭《か》けて実は一心に祈り続けた。

どれくらいそうしていただろう。

騒がしい音に顔を上げると、そこには見たこともない光景が広がっていた。

――えっ……。

息を呑んだまま、眼前に広がるものをじっと見つめる。目に映る情報を整理するだけで頭が混乱しそうだった。

あちこちに人が倒れ、武器や旗が散乱している。濛々と上がる土煙の中を男たちが傷ついた仲間を担いでいくのが見えた。カザに囚われた時のことを思い出した途端、はっとなる。ここは戦場なのだ。今まさに、国の存続を賭けて戦っている最中の。

――嘘…、でしょう………？

いまだ信じられない思いでキョロキョロとあたりを見回した。

それでも、遠くに見えるのは確かにアラバルカ軍の旗だ。以前、あれと同じものをイザイルの軍隊が掲げているのを見たことがある。ということはつまり、ここはふたりのいる戦地なのだ。そして自分は、不思議な力のおかげでこんなところまで飛んできたらしい。

――そんなことって、あるんだ。

やっとのことで理解が追いつく。

ふたりが無事に戻るよう祈ったつもりだったけれど、意外な結果だ。少しでも役に立てという神の思し召しかもしれない。それなら精いっぱいやらなくては。

アラバルカの神とアマーラに心から感謝しつつ、立ち上がってあたりを見渡す。

伝令の話では、イザイルは矢を受けて落馬したと聞いた。サディークも危険な状態にあるという。とにかく、一刻も早くふたりを探さなくてはいけない。

実は男たちが負傷兵を運んでいった方向へ歩き出す。

「……ミノリ様？」

するとまもなく、見覚えのある兵士に声をかけられた。サディークの部屋の前に立っていた護衛のひとりだ。彼は実とわかるなり険しい顔つきで近寄ってきた。

「ミノリ様ではありませんか。こんな危険なところへいらっしゃるなんて、宮中のものはどうしたのです。あなた様をお守りすることになっていたはず」

――違う。違うんです。

実は必死に首をふる。神に祈りが通じた結果だ。役目を果たすためにここに来たのだ。けれどそれを説明するのは難しく、ただ思いをこめて護衛を見つめる。

――どうかお願いです。ふたりのところへ連れていってください。

「供もつけずにいらっしゃったのですね。ここで私がお見かけしなかったらどうなっていたか……。すぐに安全なところへお連れします。どうぞこちらへ」

そう言って護衛が踵を返す。このまま王宮に連れ帰されるのではと一瞬頭を過ぎったもの の、そんな不安とは裏腹に彼は実をたくさんの兵に囲まれたテントへと案内してくれた。

「ご心配でいらっしゃるのでしょう」

テントの入口に立ち、護衛がこちらをふり返る。

「どうか、励まして差し上げてください」

心臓がドクンと鳴った。

——もしかして、この中に……？

目で問いかける実に護衛が頷く。

促されるまま中に一歩足を踏み入れた途端、噎《む》せ返るような血の匂いに息が詰まった。ぞくっとしたものが背筋を這い上がり、指先が小刻みにふるえはじめる。不安と恐怖に押し潰されそうな自分を内側から鼓舞するように心臓がドクドクと早鐘を打った。

薄暗いテントの中に目が慣れるに従って、内部の様子も見えてくる。

横たわっている男性に近づくと、案の定、それはサディークとイザイルだった。

「……！」

あまりの光景に目を疑う。にわかには信じられなかったほどだ。

肩を血で真っ赤に染めたサディークは固く目を閉じたまま、浅い呼吸をくり返している。

イザイルもあちこち切り傷だらけで、返り血を浴びた軍服はボロボロになっていた。

ふたりとも、一目で重症を負っているとわかる。

矢も楯《たて》もたまらず駆け寄ると、気配に気づいたサディークがうっすらと目を開けた。

「……ミノリ、なのか……？」

まさか、という声が掠れて消える。

それにつられるようにしてイザイルも苦しげに瞼を持ち上げた。

「どうして来た。いい子で待ってろって言っただろ」

ふっと含み笑いながらも、まるで夢でも見ている顔だ。これが現実のことだとはとても思えないのだろう。無理もない。王宮にいるはずの自分がたったひとりで戦場までやって来られるわけがないのだから。

だからこそ、実はとっさにふたりの手を取った。

――ここにいます。おふたりの、目の前に。

右手をサディーク、左手をイザイルとつなぎながら、思いをこめて強く握る。

触れたところからなにか感じるものがあったのか、サディークの表情がほんの少しだけやわらいだ。

「死ぬ前に、一目だけでも会えてよかった」

「……っ」

「そなたに直接謝罪ができる。……すまなかった。ほんとうに…、すまなかった」

美しい眦から涙がつうっと伝い落ちる。

――サディーク……。

つないでいた右手を解き、彼の頬に手を伸ばす。そうして驚いているサディークの涙を指でそっと掬い取った。

「ミノリ」

ゆっくりと首をふる。

――僕は怒っていません。だからどうか、泣かないで。

「ミノリ……」

サディークの眉間に再び深い皺が刻まれる。けれどそれは苦渋に満ちたものではなく、うれしいのに泣きたくなる時の顰め面によく似ていた。

「私を、許してくれるのか。そなたにあれだけの無体を強いたこの私を」

今度は首を縦にふった。

その瞬間、サディークが弾かれたように身を起こす。すぐに痛みに低く呻いたものの、それでも彼は抑えきれないとばかりにもう片方の手も伸ばした。

「ありがとう。そなたのやさしさに私の魂は救われた。もう、思い残すことはない」

――サディーク……？

「お人好しだな、ミノリ。サディークにだけいい思いさせるつもりかよ」

左手を強く握られ、慌ててイザイルの方を見る。こんな時だというのに彼は口角を上げ、悪戯《いたずら》っ子のように笑ってみせた。

「俺だっておまえに愛を囁かれてみたかったんだぞ。だから、その声を聞けない代わりに俺の最期を看取《みと》ってくれ。おまえの想いごと連れていくから」

――イザイル……？

「……なんてな。おまえの気持ちが俺になかったとしても、今だけはそういうことにしておいてくれ」

達観したような顔で微笑むと、イザイルは静かに目を閉じる。まるでその瞬間を見届けろと言われているようで全身がぶるぶるとふるえた。

――嫌だ。ふたりがいなくなるなんて。ふたりを失うなんて絶対嫌だ。

実はふたりの手を胸に引き寄せ、ぎゅうっと力いっぱい抱き締める。

国に緑土を取り戻すためにサディークが立ち上がらなければ、それを支えるためにイザイルが剣を取らなければ、この国は変わるきっかけを摑めなかった。自分が〈緑に愛されたもの〉として生まれなければ、彼らがアラバルカの神託を信じなければ、自分たちは出会わなかった。

違う世界で生まれ育った自分たち。

いくつもの奇跡のおかげで今、こうしてここにいる。国のためという大義名分を越え、いつしかひとりの男として、ひとりの人間として、ふたりへの想いを抱くようになった。

そのことに、やっと気づいたのに。やっと寄り添うことができるのに。

「……ダ、…、ダメ……です………」

夢中で口を動かしているうちに、気づくと声帯がふるえていた。

ところどころみっともなく掠れ、音程も一定ではなかったけれど、それでも声によって己の意志が伝えられることに目の前が開かれていく思いだった。

だから何度も何度も、必死に伝える。

「サディー…も、イザ、イルも……」

「おい、ミノリ」

「そなた声が！」

「ダメ、です。死んじゃ…、ダメ」

驚きに目を瞠るイザイル。よろこびに目を潤ませるサディーク。そんなふたりを見ていたら感極まって言葉にならず、代わりに大粒の涙がぼろぼろと落ちた。

「あぁ、泣くな。せっかくのかわいい顔が」

「泣いてたらキスできないだろ。ミノリ」

やさしい言葉に身が切られるようだ。ふたりを交互に見つめるうちに、自分の中に強い気持ちが湧き起こるのを感じた。

ふたりは重傷を負っているんだ。自分がしっかりしなければ。ふたりを守らなくては。

「こ…っ、こんなところで死なせません。おふたりは絶対に連れて帰ります……！」

宣言とともに勇んで顔を上げる。

――なにがなんでも生きて帰る。絶対にふたりを守ってみせる。

けれど、そんな実を嘲笑《あざわら》うかのようににわかにテントの外が騒がしくなった。

敵がここまで攻めてきたのだろう。そこかしこで剣がぶつかり合う鋭い音が響く。射られた矢がテントの中まで飛んできて、マットに深々と突き刺さった。

「ミノリ！」

驚きのあまり動けなくなったその時、グイと肩を掴まれる。

「……くっ」

サディークの胸に引き寄せられると同時に頭上から低い呻きが洩れた。そろそろと目を開いた実は怖ろしい光景に息を呑む。自分を庇った代わりに、彼の腕には深々と矢羽が刺さっていた。

「サ、サディーク！」

「大丈夫だ。心配しなくていい」

サディークが荒々しく矢を引き抜く。

「そなたが無事で、ほんとうによかった……」

命のあることを確かめるように逞しい胸に抱き締められ、甘えるように襟足に鼻を擦り寄せられて、愛しさと血の匂いに頭の中がグラグラとなった。

ほんとうは起き上がることだって辛いはずだ。それなのに――。

「サディーク。そっちは頼んだ」

はっとして顔を上げると、イザイルが剣を携えて立ち上がるところだった。

「イザイル！」

引き留める間もなくテントの外に駆け出していく。すぐさま男たちの怒声に混じって、キン！　と金属のぶつかる音があたりに響いた。人の叫び声や呻き声、なにかがドサリと倒れる音。すぐ傍で戦いがくり広げられているのかと思うと生きた心地がしなかった。

――イザイル……！

彼の無事だけをひたすら祈る。その時間は一時間にも、もっと長いようにも思えた。カタカタとふるえる背中をサディークが撫で下ろしてくれる。だから実も、彼の痛みが気持ちだけでも和らぐようにもう片方の手を握り、一心不乱に祈り続けた。

そうしてどれくらい経っただろう。

外が静寂を取り戻す頃、イザイルがテントに戻ってくる。

「イザイル！」

とっさに駆け寄っていって迎えると、イザイルは足をふらつかせながら実の肩に額を預けた。生々しい傷口から鮮血があふれ、息も絶え絶えな有様だ。テントの向こうでなにがあったのか、想像することさえ怖ろしかった。

「もう……大丈夫、だからな」

それなのに、イザイルは大きな手で何度も頭を撫でてくれる。怖がりの自分を安心させようとしてくれているのだ。そんなやさしさに胸が潰れてしまいそうだった。

だから実も腕を回し、思いきり彼を抱き返す。触れたところからドクドクと伝わってくる異常なほどの心音が、手のひらにべっとりとつく鮮血が、もはや時間がないことを告げていた。

このままでは死んでしまう。それを救える手立てはひとつしかない。

実はイザイルを支え、サディークの隣に座らせると、ふたりに向かって頭を下げた。

「お願いがあります。アマーラの種を使ってください」

「ミノリ」

「今すぐこの戦いを終わらせて、皆でアラバルカに帰りましょう。僕におふたりの治療をさせてください。僕は人間の医者ではありませんが、薬草のことならわかります。精いっぱいやらせていただきます」

サディークとイザイル、ふたりの顔を見ながら懸命に訴える。

どれくらいの沈黙があったろう。先にそれを破ったのはイザイルだった。

「使うなら、今だ」

「あぁ」

イザイルの求めに応じ、サディークが腰につけた布袋から小さな種を取り出す。

「取っておいてよかった」

イザイルが苦笑しながら花の種を手のひらに載せ、その上からサディークが手を重ねる。王の力をわかち持つふたりはこんなふうにして力を使うんだろう。実もこの目で見るのははじめてだった。

これから、王の力が発動される。国家レベルの一大事を救うために――。

実はふたりの前で息を殺し、アラバルカに連綿と受け継がれる歴史の一幕を見守った。

目を閉じたイザイルが静かに祈りの言葉を紡ぎはじめる。すぐにサディークも声を重ね、ふたりの祈りは時に連なり、時に別々になりながら波のようにうねっていった。

だが、徐々にサディークが眉間に深い皺を刻みはじめる。

それほどに怪我が深刻なのだと身体を支えるつもりで身構えていると、なぜか彼は突然祈りを中断して目を剝いた。

「待てイザイル！　おまえ、なにをしようとしている⁉」

慌ててやめさせようとするサディークにイザイルは動じない。ひとりでもやり遂げるとばかり強行に祈り続ける。

「やめろ、イザイル。自分の命と引き替えに私を助けようなどと思うな。戦いを終わらせるための祈り以外、私は認めぬ。おまえを犠牲にすることなどできぬ！」

サディークが焦りも露わに手をふり払う。それと同時に祈りの声は止んだ。

「なぜ、こんなことをしようとする」

低い怒声。彼が本気で怒っている証拠だ。眉間に深く皺を寄せ、真正面から睨みつけるサディークに、だがイザイルはきっぱりと告げた。

「一度に救える命はひとつだ。俺が祈ればおまえが助かる」

「私がそれをよろこぶとでも思っているのか」

「王は、いかなる時でも生き延びなければならない。それが国を守るものの務めだ」

「おまえを犠牲にするくらいなら王位などいらぬ」

「我儘言うなよ。……昔、俺を助けてくれただろ。だから今度は俺に格好つけさせろ」

サディークがはっと息を呑む。

独断で貴重なアマーラの種を使い、瀕死《ひんし》のイザイルを救ったのは他ならぬ彼だ。それと同じことを今度は自分がするのだとイザイルは迷いなく微笑んでみせる。王を守るのが己《おの》が役目だと、そして武将としての誇りなのだとへーゼルの目は雄弁に語った。

「ミノリ」

イザイルは、こちらにも熱の籠もった眼差しを向けてくる。

「俺に落ちてこいって言ったことがあったな。返事は聞かなかったが、それでよかった。おまえが俺を選んでくれてたら未練が残って死にきれない」

「イザイル……」

その言葉に愕然とした。

ひとつを選ぶということは、それ以外を選ばないということだ。

サディークを選べばイザイルを、イザイルを選べばサディークを。どちらかの手だけを取るということだ。だから彼は実に「俺を選ぶな」と言っているのだ。迷いなく王であるサディークの手を取れるように。

「………」

――できない。

とっさに思ったのはそれだけだった。

こんな終わり方なんてあっていいはずがない。イザイルを犠牲にするなんてできない。不幸の上に成り立つしあわせにいったいなんの意味があるだろう。サディークが苦しむ。アラバルカ中が悲嘆に暮れる。そして自分もきっと一生後悔する。

もう一度顔を上げてふたりを見た。

自分はサディークも、イザイルも、ふたりともを想っている。ひとりの男として、ひとりの人間として、ふたりの傍にいたいと思っている。どちらも選べない。どちらが欠けてもダメだ。それがどんなに我儘な願いか痛いほどわかっていても。

「僕は、おふたりとずっと一緒にいたいです」

実の言葉にふたりははっと息を呑んだ。

「ミノリ。おまえ、それ……」

「そなた、まさか……」

目を瞠るふたりの顔を交互に見ながらはっきりと頷く。

「この戦いが終わったらお話ししたいことがあります。だからどうか、皆でアラバルカに帰りましょう」

――ふたりは死なせない。絶対に連れて帰る。

固い決意とともにふたりの手を取り、上下から自分の両手で挟んだ。

彼らには、アラバルカの神から与えられた王の力がある。

そして自分には〈緑に愛されたもの〉の資質がある。

アマーラの花も応えてくれた。自分をここまで運んでくれた。ならばきっと種も応えてくれるはずだ。三人で力を合わせ、命の根源である種に祈れば奇跡は起きると信じたい。

「僕も一緒に祈らせてください」

王だけに許された行為に第三者が混ざるなど前代未聞。それでも、嘆願せずにはいられなかった。ふたりを助けるために。そしてアラバルカを助けるために。

「イザイル、やろう。国のため、そして私たちのためだ」

サディークの口添えに、イザイルは苦笑しながら肩を竦めた。

「ミノリは肝が据わったな。それも俺たちのためと思えば悪くない」

イザイルがサディークの手を強く握り直す。サディークもまたそれに応え、固く結ばれたふたりの手を実はあらためてぎゅっと包んだ。

目を閉じ、大きく息を吸いこむ。そうして手の中のアマーラの種へ一心に祈った。

——偉大なるアラバルカの神よ、どうかお聞き届けください。

怪我を負ったふたりが、兵士たちが、あなたによって癒やされますように。

この先、決して刃《やいば》を受けることがありませんように。

皆でアラバルカに帰れますように。すべては国のこれからのために。

そうしているうちに、触れたところからあたたかなものが自分の中に流れこんでくる。これが王の力だろうか。サディークから実へ、実からイザイルへ、そしてまた実へと光が循環するのがわかった。

まるで三人で身も心もひとつになったみたいだ。輪郭さえ溶けてなくなったかのような不思議な一体感と高揚感に包まれるまま、三人はひたすら祈り続けた。

どれくらいそうしていただろう。

少しずつ光が収束するのに従って目を開けると、そこには驚いた顔をしたサディークとイザイルの姿があった。

「これ、は……」

傷がすっかり塞がっている。破れた軍服こそもとに戻らなかったものの、刃を受けたことなどわからないくらい傷痕はきれいに癒やされていた。

重ねた手のひらからアマーラの種がなくなっているのを見て、サディークが頷く。

「神が、我らの祈りを聞き届けてくださった」

「だいぶ無茶言ったと思ったけどな」

イザイルも眉尻を下げながらほっとしたように笑った。それを見て、実もサディークもようやくのことで笑顔を取り戻す。そうやって笑ってみてはじめて、自分の頬がどれだけ強張っていたのかを知った。

「これからは、こんな思いをせずに済みますね」

「どういうことだ？」

「この先、決して刃を受けることがありませんようにって祈りましたから」

そう言うと、一瞬の間があったあとでイザイルがぶはっと噴き出した。何事かと思っていると、なぜかサディークにも笑われる。

「おまえそんなことまで祈ったのかよ。ちゃっかりしてんな」

「なるほど。私たちは無敵ということだな。安心して思う存分やれるわけだ」

「えっ、あ……あの！」

止める間もなく、ふたりは勢いよくテントを飛び出していく。

慌てて入口から外を覗くと、倒れていた兵士たちも次々に起き上がり、武器を取るのが見えた。再び立ち上がったイザイルの勇姿に、瞬く間に士気が高まっていくのがわかる。サディークの命令のもと、アラバルカ軍は敵に総攻撃をしかけた。

驚いたのは連合軍だ。

疲弊したアラバルカが落ちるのも時間の問題と高を括っていた敵兵たちは、突如反撃をしかけてきた漆黒の軍隊に虚を突かれた。必死に応戦するものの追いつかず、援軍までも悉《ことごと》く撃破されたところでとうとう観念したのだろう、白旗を挙げて退却していく。まさにあっという間の形勢逆転だった。

勝利によろこびの咆吼を上げる男たちを目に焼きつけるつもりでじっと見つめる。こちらをふり返ったふたりもまた、同じ気持ちだとばかりに誇らしげな顔をしていた。

後世に語り継がれる大勝利を収め、アラバルカ軍は王宮へと凱旋《がいせん》する。

その頭上には美しい銀色の一等星が輝いていた。

＊

王宮に着くなり泥のように眠った三人は、二日後にようやく目を覚ました。

実が目覚めた時のアルの取り乱しようといったらなかった。寝台に嚙りついて「ご無事でなによりでございました。あのままいなくなってしまわれたらどうしようかと……！」と号泣したほどだ。

聞けば、温室でアマーラの鉢を抱き締めた実が光を放ったと思った瞬間、消えたのだそうだ。間近に見た彼はさぞ驚いたことだろう。申し訳ないことをしたと謝る実に、アルは「そんなことよりもミノリ様、お声が！」とまたも涙目になってよろこんでくれた。

甲斐甲斐しく世話を焼いてくれる彼に手伝ってもらって身支度を調え、久しぶりの食事を摂る。目が覚めて最初の食事ではあったが、窓の外はとっぷりと暮れているので夕食ということになるだろうか。

よく眠り、腹も落ち着き、そうしてようやく人心地がついた頃、コンコンと部屋の扉がノックされた。

アルが立っていってドアを開ける。わずかに開いたその隙間から、白い塊がもぞもぞと動くのが見えた。

「……イーリャ？」

もしかしてと思って呼びかけるや、たちまち白い弾丸が飛んでくる。一直線にこちらに駆け寄ってきたイーリャに全力で体当たりをお見舞いされた。

「ミノリ！」

「わっ」

なんとか受け止めきった自分を褒めたい。もう少しで尻餅《しりもち》をついてしまうところだった。

「ミノリに会いにきたぞ」

そう言って腕の中でふんぞり返る四歳児がかわいい。こんなところはサディークとイザイル、どちらに似たのだろう。想像にくすくす笑いながら、実は「こんばんは」と挨拶を返した。

「イーリャ、少し会わない間に大きくなりましたか？」

「ミノリが言ったとおり、ちゃんとねてるもん」

「そうですか。イーリャは偉いですね。どんどん大きくなりますね」

ふふんとさらに鼻を鳴らすイーリャに、「そのうち僕では抱っこできなくなりますね」と言った途端、次代の王はぷうっと頬を膨らませた。

「そんなのやだー」

「でも、大きくなるんでしょう？　僕はうれしいですし、楽しみですよ」

「ミノリがだっこしてくれないのやだー」

ジタバタと暴れるイーリャを思いきり抱き締める。

「でも今はできますよ。ほら、ぎゅーって」

強く抱き締められるのが楽しかったのか、イーリャがたちまちきゃっきゃと笑う。椛《もみじ》のような手を広げて大よろこびする彼がかわいらしくて、実は休憩を挟みながらイーリャを何度も抱き締めた。

小さな身体にたくさんのものを背負っているイーリャ。

父や叔父《おじ》が戦いに赴いている間、不安でいっぱいだっただろう。その上、サディークの身になにかあれば悲しむより先に即位しなければならない立場だ。次代の王として役人に四六時中監視される日々の中、せめて自分といる時だけは年相応に甘えてほしいし、たくさん甘やかしてあげたかった。

「イーリャ。大好きですよ」

ふっくらとした頬にすりすりと頬を擦り寄せる。

「ぼくも、ミノリ、だいすき！」

はにかむイーリャと顔を見合わせ、お互い「へへへ」と笑った時だ。

またも部屋にノックの音が響く。アルが扉を開けると、そこにはサディークとイザイルが立っていた。

「ずいぶん楽しそうだな」

イーリャを抱っこした実を見るなり、サディークがやわらかに目を細める。

「こんばんは、サディーク。イザイル。そちらはもういいんですか」

それに微笑み返しながら実はイーリャを床に下ろした。するとすぐ、白い弾丸は父親に駆け寄ってひしと抱きつく。今度はサディークが笑いながらかわいい息子を抱き上げた。

そんな彼も、イザイルも、戦いの後始末と称して王の間に詰めっぱなしだったはずだ。収束まで何日かかるかわからないと聞いていただけに、こんなにすぐ顔を見られるなんて思わなかった。

「会議会議でもうたくさんだ。あんなんやってられるか」

イザイルがうんざりした顔で肩を竦める。それを見て、悪いとは思いつつもつい笑ってしまった。

「大変だったんですね」

「これでも最低限のことは終わらせてきた。あとはなんとかなるだろう」

サディークも苦笑している。

「やらなきゃならないことはたんまりあるが、今一番優先すべきはおまえだからな」

「ミノリはどうしているかと気になってしかたがなかった」

「イザイル……サディーク……」

ふたりの声音が変わったのを察してドキッとなった。それぞれを交互に見ているうちに鼓動が高まっていくのがわかる。三人で話したいという気持ちが起こる反面、サディークの腕の中で不思議そうに首を傾げるイーリャにどう説明したものか、悩ましい。

そんなことを思っていると、さりげなく手を伸ばしたアルがサディークからお守り役を代わってくれた。

「大事なお話をされるようですよ。イーリャ様はそろそろお休みなさいませ」

「えー。父上、ずるい」

あとから来たのにと言いたいのだろう。これにはサディークも困ったようで、眉尻を下げながらイーリャの頭を何度も撫でた。

「楽しく遊んでいたところを割りこんですまないな。だがもう遅い。また明日だ」

「じゃあ、あした、父上もあそんでくれる？」

「あぁ。そうしよう」

「やったー！」

多忙な父親と時間が取れるとなって、イーリャはご機嫌だ。

「サディークも。ミノリも。アルもだよ」

「俺もかよ」

「僕もですか」

「私も混ぜていただけるんですね」

驚く大人たちに、イーリャは「ふふふ」と両手で口を押さえながらうれしそうに笑う。

そんな彼は迎えに来た世話係のサンと、アルに連れられて出ていった。

にぎやかさから一転、シンと静かになった部屋の真ん中で実はふたりをふり返る。

「少し、座りませんか」

客間の基壇は広くはなく、三人が座ったらいっぱいだ。けれど今は逆に、肩が触れ合う距離が心地よかった。

「今日はどうしていた？　我々と同じく、二日眠ったままだったと聞いたが」

「はい。じつは夕方起きたばかりなんです。身支度をして、食事をして、そうしているうちにイーリャが遊びに来てくれて、おふたりも……」

「そうか。そなたには大変な思いをさせてしまった。心身ともに負担が大きかったろう」

労ってくれるサディークに、実はふるふると首をふる。

「僕が行きたくて、そうしたんです。だから大丈夫です」

「ミノリ？」

「戦いが起きたあの日——戦況を聞いていても立ってもいられなくなりました。どうしてもおふたりに無事に帰ってきてほしくて、気がついたらアマーラに祈っていたんです。一番最初におふたりに会えたのもあの花が咲いた時だったから、もしかしたらって……」

まさか、自分自身が戦場に飛んでいくとは思ってもみなかったけれど。

そう言うと、イザイルはおかしそうに笑った。

「おまえ、時々とんでもなく無鉄砲だよな」

「ぼ、僕のせいじゃありませんよ」

　自分だってびっくりしたのだ。

「それも〈緑に愛されたもの〉の力だろうな。そうか、それであの場に……」

「おまえの姿が見えた時、もう死ぬと思ったんだ。幻覚が見えるくらいヤバイんだって」

「僕の方こそおふたりの様子に、これは悪い夢じゃないかと思いました」

　だからこそ必死だった。絶対に助けると心に決めた。

「王の祈りに誰かが加わったのははじめてのことだ。それがミノリ、そなたでよかった。そなたが機転を利かせてくれなかったら私たちのどちらかは死んでいただろう」

「おまえは国を救った英雄だぞ。アラバルカ軍全員を立派に凱旋させたんだからな」

「いえ、僕なんてそんな……。おふたりの戦功です。そして軍の皆さんの」

　慌てて胸の前で手をふったものの、ふたりは聞き入れるつもりはないらしい。右の手をサディーク、左の手をイザイルに取られ、やさしく両手で包みこまれた。

「そなたには心から感謝している。ありがとう」

「おまえのおかげだ。ありがとうな」

　心からの言葉に胸がほっとなる。サディークから大切な宝物を呼ぶように「ミノリ」とやさしく名を呼ばれ、顔を上げた実はその真剣な表情に身動ぎを止めた。

「あ……」

そんな顔をもうどれくらいぶりに見ただろう。気高さと美しさを兼ね備えた人。情熱の宿ったブルーグレーの瞳にこのまま吸いこまれてしまいそうだった。

「そなたには酷いことをしたにも拘わらず、一緒にいたいと言ってくれたな。ほんとうにうれしかった……。私が生涯愛するのは、ミノリ、そなたただひとりだ」

「僕、を……」

心臓がドクンと跳ねる。思わず息を詰めて俯くと、反対側にいたイザイルからも低い声で「ミノリ」と呼ばれ、手を引かれた。

顔を上げる実を、熱を帯びたヘーゼルの瞳がまっすぐに見下ろしてくる。野生の獣のように雄々しく愛情深い人。心まで奪うような眼差しにすべてを委《ゆだ》ねてしまいたくなる。

「あの時の答えを聞きたい。ミノリ、おまえは俺に落ちてくれるか？　俺はお互いの立場なんかどうでもいい。ただひとりの男としておまえを愛してる。おまえはどうだ」

「僕、は……」

挑むように見つめられ、両方の手を強く握られ、壊れたように心臓が早鐘を打つ。

「さぁ、ミノリ。どっちを選ぶ？」

「どちらかの伴侶となるつもりはあるか」

けれど選択を迫られた瞬間、甘やかな緊張は身を切られるような焦燥へと変わった。

どちらかを選ぶということは、もう片方を選ばないということだ。つないだ手の片方を実から離せと言われているのだ。

――どうしよう。そんなのできない……。

顔を曇らせるのを見て誤解したのか、サディークが小さく嘆息した。

「一緒にいたいと言ってくれたのは、伴侶という意味ではなかったか」

「無理すんな、ミノリ。そんな辛そうな顔してまで無理に受け入れることはないんだ」

――違うんです。

説明したいのにうまい言葉が見つからない。そうしている間にも口々に畳みかけられ、焦りでいても立ってもいられなくなった。

自分にとって大切なのはふたりだ。サディークも、イザイルも、ふたりとも。

この手を離したらすべてが終わる。それだけはわかる。それなら、どんなに下手くそな説明だったとしても、呆《あき》れられるとしても、この気持ちを打ちあけずに終わりたくない。なかったことにしたくない。

意を決して両方の手をぎゅっと握る。

目を瞠るふたりの顔を交互に見ながら、実は思いきって口を開いた。

「戦いが終わったらお話ししたいことがあるって、僕が言ったのを覚えていますか。……ほんとうはこんな話、おふたりに対して不誠実だとわかっています。きっと嫌だと思うし、呆れるでしょう。僕だったら突っぱねます。だから、ほんとうは言いたくないんです」

愛する人たちに否定されるかもしれない怖さに胃の腑が竦む。

けれど、そんな実の背中を押してくれたのもまたふたりだった。

「ミノリ。ひとりで苦しまないでくれ」

「言ってみろ。受け止めてやる」

「ふたりとも……」

自分だって不安でもやもやしているだろうに、そんなふうに言ってくれたことがうれしくて、今度こそその想いに応えるためにふたりの目をまっすぐに見つめた。

「僕はサディークのことも、イザイルのことも、とても大切に思っています。ただの友人ではなく、愛する人として」

「ほんとうなのか」

身を乗り出すふたりにこくりと頷く。

「自分の気持ちと向き合うことがはじめてで、時間がかかってしまいました。言葉にするのが今になってしまってごめんなさい」

「謝らなくていい。私はとてもうれしいのだから」

サディークが顔を綻《ほころ》ばせる。

だからこそ、実は大きく首をふった。

「おふたりを想っているって言ったら、それでもうれしいと思ってくれますか」

「ミノリ?」

「僕はサディークも、イザイルも、どちらも同じだけ好きになってしまいました。だからどちらか一方を選ぶなんてできない……。それでも、いいと言ってくれますか」

イザイルがはっと息を呑む。

正直な反応こそが答えだ。実は強く唇を噛んだ。

「ごめんなさい。そう…、ですよね。嫌に決まってますよね。どっちつかずなんて……」

自分が彼の立場だったらきっと同じ反応をしただろうから、イザイルが絶句するのもわかる。好きと言いながら結局はふたりともを傷つけてしまった。

「ごめんなさい。こんな、僕で……」

もはや顔を上げることもできず、小さくなって下を向く。左右の手は両方とも離すべきだろうとそっと力を抜きかけた時だ。

「その言葉を待っていた」

「わっ」

サディークの腕にグイと肩を引き寄せられる。

「まったくびっくりさせやがって。おまえは謝りすぎだ、バカ」

イザイルにもグリグリと頭を撫でられ、なにが起きているのかわからずふたりを交互に見るばかりの実にとうとうおかしくなったのか、ふたりは声を立てて笑った。

「あ、あの…、ちょっと……」

ひとり蚊帳《かや》の外の実は訳もわからず見守るばかりだ。

ひとしきり笑って落ち着いたふたりは、顔を見合わせ、あらためて居住まいを正した。

「私とイザイルは王の力をわかち合った、言わば半身。どちらが欠けても国を守ることはできない。そしてミノリ、そなたの〈緑に愛されたもの〉の力が合わさることで大いなる奇跡が起こると証明された」

「アラバルカの神託があったろう。王が〈緑に愛されたもの〉を伴侶に迎えることでこの国は救われるって。おまえがサディークを選ぶなら、この力を返してもいいと思ってた。逆に俺を選んだら謀反を起こしてでも王位を奪うとな」

「そんなことをしたらミノリが泣くぞ」

「まぁ、結果的には一番いいところに収まっただろ」

「確かにな」

「あ…、あのう……」

ふたりの会話が自分に都合のいいように聞こえてしまう。もしかして、願いが聞き入れられるんだろうか。ふたりとも想っていてもうれしいと言ってもらえるんだろうか。

「おふたりとも選んで、いいんですか」

「あぁ。それが俺たちにとって最善の形みたいだからな」

「三人で契りを結ぼう。そなたはそれを受け入れてくれるか」

信じられない言葉に心が痺れる。これから先も、大好きなふたりとずっと手をつないでいられるなんて。

「ミノリ。返事は？」

イザイルに急《せ》かされ、実は満面の笑みで頷いた。

「もちろん、よろこんで」

「やっと言ってくれたな」

「俺たちのものだ。ミノリ」

ふたりが左右の頬にくちづけてくれる。

照れくささとうれしさで胸をいっぱいにしながら、実は夫となるふたりにキスで応えた。


狭い寝台の上で、熱い呼吸だけが響き合う。

同じ気持ちで肌を重ねているせいか、なにをされても、どこに触れられても怖いぐらい感じた。生まれたままの姿で触れ合っているだけで今にも気を遣《や》ってしまいそうになる。

だから懸命に快感をやり過ごし、己を保とうとするのだけれど。

「あっ…、……ん、っ……」

するりと胸を撫でられるたび、項を舐め上げられるたびにビクビクと身体をふるわせるばかりだ。

ふたりの巧みな愛撫の前に、初心な反応を返してしまうのが恥ずかしくてしかたない。それに自分だけ気持ちよくなっているのは狡《ずる》い気がして、せめて同じことをしたいと申し出てみたのだけれど、ふたりには笑って受け流されてしまった。

「おまえはそういうことはいいんだよ」

「そなたは私たちに愛されていてくれ」

寝台に座ったサディークに後ろから腕を回され、首筋に二度、三度とキスされる。熱い舌を項に這わされ、やさしく唇で甘嚙みされて、ぞくぞくとしたものが背筋を伝った。

そうかと思うと正面からイザイルに唇を塞がれ、ぬるりとした舌で咥内をかき回される。ざらざらとした表面で舌を捏ねられ、吸い上げられて、たちまち頭がぼおっとなった。

「んんっ……ふ、ぁ……あ、っ……」

息苦しさから無意識に唇を外そうとしては、そのたびに「こら」と甘い声に制される。その低くも艶めいた囁きに陶然となり、もっともっととねだってしまう。そんな実を食らい尽くそうとするかのようにイザイルは両手で頬を包み、さらに深く貪ってきた。

「ん、ん、んっ……ぅ、……」

喉奥まで押しこまれた舌が苦しいけれど気持ちいい。注ぎこまれる甘い唾液《だえき》に身も心も蕩《とろ》かされていく。

うっとりと目を閉じる実の背中をサディークの舌が舐め辿っていく。

前に回した手で胸を撫でられ、存在を主張しはじめた突起を捏ね回されて、鋭い刺激が突き抜けた。

「んんっ」

両方一度に引っ掻かれ、紙縒《こよ》りを作るようにくりくりと括り出されて、あっという間に桃色の先端が立ち上がってしまう。どれくらい淫《みだ》らに膨らんだのかを教えるように先端を押し潰され、そうかと思うと胸筋ごと揉み拉《しだ》かれて、実はビクビクと身悶えた。

次々と感じる場所を探り当てられて、暴かれて、身をくねらせることしかできない。そんな痴態が飢えた獣のようなふたりをどれほど煽り立てるかも知らずに。触れられるたび、囁かれるたびに快楽に慣れていない身体はぐずぐずになっていく。甘い毒のような愛撫に身も心もとろとろと溶けるばかりだ。

「ミノリ。立てるか」

「……んっ」

向かい合ったイザイルから膝立ちになるよう促される。そうしてみてはじめて、自身が硬く兆していることを知った。

「あっ、あの、これは……」

「恥ずかしがるな。これから、もっとすごいことするんだぞ」

「でも、……あっ、あぁっ……」

あたたかいものが自身に触れる。イザイルの節くれ立った手が自らの欲望に絡みつき、容赦なく扱き上げるのを目の当たりにして頭がクラクラとなった。夢中でイザイルにしがみつくと、彼はそれを受け止め、さらに手の動きを激しくする。耳元で「ミノリ」と名を呼ばれ、愛の言葉を囁かれて、うれしさと気持ちよさで胸がいっぱいになってしまった。

「ミノリ。足を開いてごらん」

後ろから逞しい太股《ふともも》で足を割られる。

「……ぁっ……」

濡れた指の感触に、無防備な秘所は待ちきれないとばかりに戦慄いた。蜜の詰まった袋と一緒にゆるゆると撫でられ、揉みこまれるとどうしても腰が揺れてしまう。甘やかで、けれどもの足りない愛撫に懊悩《おうのう》した実はとうとう腰をくねらせてサディークをねだった。

「かわいいな、ミノリは」

後ろでくすりと含み笑いするのが聞こえた後で、ぬうっと指が差し入れられる。

「あっ……ん…、んんっ……」

長い指がゆっくりと自分の中に埋めこまれ、隘路をこじ開けて押し入ってくるのを陶然としながら受け止めた。貫かれる時のわずかな痛みも、引き抜かれる時のぞくぞくした感覚も、すぐにもっともっとと求めてしまう。こんなにも自分で自分がコントロールできなくなるのははじめてだった。

――どうしよう。どうしたらいい。こんなにもふたりがほしい。

欲深になる実をさらに煽り立てるように、四本の腕とふたつの唇が追い立てていく。

息も絶え絶えになったところで寝台の上に手足をつくように言われ、獣のような格好で後ろからサディークの熱く滾《たぎ》った塊を押し当てられた。

「いいか。挿れるぞ」

「んっ……ほし、い……」

サディークがほしい。

消え入りそうな声で訴えた次の瞬間、熱塊がグイと押し入ってくる。

「あああっ……」

それは、頭の芯が痺れるような快感だった。強い痛みであるはずなのに、それを上回る愛しさとよろこびですべてが快楽に変わっていく。ゴリゴリと中を抉りながら侵入してきた先端に、ズン、と奥を突かれた瞬間、実は感極まって精を放った。

「挿れただけで達ったのか」

見守っていたイザイルにご褒美とばかりにくちづけられる。それに夢中で応えていると、やがてゆっくりと抽挿がはじまった。

「んっ、あ…、ああっ……」

「ミノリ……」

両側から腰を抱えられ、挿入に合わせて引き寄せられる。それによってより深いところまでサディークの雄を呑みこまされ、実はただただ懊悩するしかなかった。

角度を変え、強さを変えながら抽挿は徐々にスピードを増してくる。

「や…っ、サディーク…、そんな、激し…っ、……」

吐精したばかりで敏感な中をかき回され、下腹がぶつかるほど激しく打ちつけられて、気を失いそうなくらい気持ちよかった。

乱れる実の頭上から、ふたりが含み笑う声が聞こえる。

「おまえも、そんな顔をするのだな」

「愛してるやつと抱き合ってんだ、当然だろ。おまえこそ普段とは全然違うじゃないか」

「しかたがない。ミノリがそうさせている」

「だな。煽った責任は取ってもらおう」

そう言うなり、膝立ちしたイザイルの雄を口に咥えさせられる。少し苦しかったけれど三人でつながれているようでうれしくもあった。こんな大きなものを後ろに受け入れたなんて不思議な気分だ。

——僕を守ってくれた大好きなイザイル。彼をもっと気持ちよくさせたい。

実は目を閉じ、唇全体を使ってゆっくりと扱く。先走りをこぼしはじめた先端の割れ目を舌先で突き、滲み出た滴を舐め取ると、イザイルはぶるりと腰をふるわせた。

「どこでそんなこと覚えてきたんだ、おまえは」

やさしく髪を撫でられて、うれしくてもっともっとと思ってしまう。

けれどトップスピードに駆け上がっていくサディークに翻弄《ほんろう》され、たちまち訳もわからなくなった。

「……くっ」

低い呻きとともに熱い飛沫《ひまつ》を注がれる。

「あ、あ……すごい……」

中を濡らされるこの感覚を今は快感だと思う。無理やり組み敷かれた時とは全然違う。こんなにも気持ちいいものだったなんて。

悦楽に身をふるわせる実の中からサディークの雄が引き抜かれる。すぐさまイザイルに上体を起こされ、引き寄せられて、彼の膝に乗り上げる格好で一気に下から貫かれた。

「あ、ああっ——」

自分の重さでずぶずぶと楔を呑みこんでしまうのが怖くて、腰を引きかけた実をイザイルが引き戻す。みっちりと一分の隙もないほど埋めこまれてなお、長大なものを奥へ奥へと突き立てられた。

「やあっ、ダメ…、そんな……」

「ダメじゃないだろ」

「でも、……あっ、深い……あ、あっ……」

「ミノリ……」

太股を両手で縛められ、容赦なく突き上げられる。ぐちゅぐちゅといやらしい音を立てながら中をかき回され、動きに合わせてサディークの残滓が泡立った。どこを突かれても気持ちよくてしかたなくて、頭がおかしくなってしまいそうで怖い。

ぐらぐらと傾ぐ上半身を後ろからサディークに抱き寄せられた。

「ミノリ。私もおまえを愛したい」

「サディーク……」

首を捻って舌と舌を触れ合わせる。右の手をツンと凝《しこ》った胸に、左の手を再び天を向いた自身に伸ばされ、扱き上げられて、実は身も世もなく悶え惑った。

イザイルにいい箇所を抉られ、サディークに弱い場所を愛されて、もはや悦楽の極みだ。三人で一緒に愛し合えるなんてなんて素敵なことなんだろう。

だから実は右手をイザイルの首に巻きつけ、左手をサディーク自身へと伸ばす。

一度達したにも拘わらず芯を失わない彼の欲望を自分にしてくれているのと同じように愛撫すると、サディークはぶるっと胴をふるわせながら感嘆のため息をついた。

「あぁ、愛しいそなたに触れてもらっているのだな。たまらない」

「おんなじ…、ですよ。……サディークも、イザイルも……、んっ…、僕、も……」

「ほんとうだな」

サディークがふわりと笑う。

実はふり返って、自分を満たしているイザイルにもくちづけた。

「愛してるぜ、ミノリ」

「ミノリ。私も愛している」

「僕も……」

想いを重ね合うことがこんなしあわせな気持ちになるなんて知らなかった。そうやって身体を重ねることがこんなにも気持ちいいことも。

今日の日のことを自分は一生忘れないだろう。

終わらない夜のはじまりに、三人は甘やかに溺れていった。


半年後、三人の婚儀が盛大に執り行われることとなった。

この日のために王宮中が飾り立てられ、重鎮たちをはじめとした家臣らも皆、式典用の特別な衣装に袖を通す。緑土を思わせる深緑色の長衣に身を包んだアルは、晴れやかな顔

の三人を見て何度も洟《はな》を啜《すす》るのだった。

サディークは眩いほどの金刺繍《きんししゅう》を施した白い衣を、イザイルは同じく銀刺繍の黒い衣を。そして実は、ふたりの夫から贈られたアマーラの花のように美しいコバルトブルーの長衣を纏い、婚礼の儀に臨んだ。

エメラルドで飾られた王の間には真紅の絨毯《じゅうたん》が敷かれている。その上を、サディークとイザイルに挟まれながら、実は玉座に向かって一歩一歩踏み締めた。

はじめてこの部屋を訪れた時は、ここで人生の節目を迎えることになるとは思ってもいなかった。ほんとうに、いろいろなことがあった。ここに至るまでの道はとても一言では語り尽くせない。

それでも、ふたりがいてくれたから。

深い愛情で自分を包んでくれたから。

だからここまで来ることができた。これからは三人で力を合わせて、素晴らしい未来を切り開いていこう。

自分たちの間に子はできないけれど、その分かわいいイーリャがいる。これからは彼の世話係とも一緒になって子育てに奮闘することになるだろう。

この国のことをもっとサディークに教えてもらいたいし、イザイルと一緒に遠乗りできるように馬術の腕も磨きたい。アルとはおいしいお茶を飲みながらお喋りを楽しみたいし、ラハトが更生した暁には誠心誠意謝って、温室での時間を共有したい。

やりたいことがいっぱいだ。それをこれからひとつひとつ、叶えていくことができる。

この命のある限り。ふたりが傍にいてくれる限り。

様々な思いが胸に去来する中、式は厳かに進められていく。

「アラバルカの神を父に、大地を母に、国と民に尽くすことを誓った三人のこの結婚を、神は認め祝福する。末永く幸いのあるように」

神官の声が王の間に朗々と響き渡る。彼を通してアラバルカの神からの祝福を授かり、三人は無事に夫夫《ふうふ》となった。

結婚の証にサディークからは首飾りを、イザイルからは指輪が贈られる。

夫が肌身離さず身につけていたものを引き継ぐことで、悪いものから守られるという言い伝えがあるためだ。身体に感じるしあわせの重みに胸は熱くなるばかりだった。

「せっかくだ。少し歩こう」

式を終えて外に出るや、サディークが悪戯っ子のような顔でウインクを投げてよこす。

今しがたの余韻に浸っていた実は、つい「……へ？」と間抜けな返事をしてしまった。

「こ、これから晩餐会《ばんさんかい》ですよ？」

「いや、その前に伝統舞踊の披露があるだろ」

「どっちにしろ、僕たちがいなくていいわけないですよ」

なんと言っても今日だけは主役だ。スケジュールは分刻みで設定されているし、そんなことをしたらまた怖い顔の役人たちに怒られてしまう。最近ではだいぶ慣れてきたものの、懇々と諭されるのは疲れるのだ。

けれどサディークはどこ吹く風、側近に半ば無理やり十五分ほど融通させると、ふたりを誘《いざな》って中庭へと出た。

「もう。サディークは強引です」

「これから夜通し祝うことを思えば、三人になれる時間も大切だろう」

さりげなく肩を抱かれ、髪にやさしくくちづけられる。

「こら。抜け駆けすんな」

イザイルも頬にキスをくれて、三人で顔を見合わせて笑い合った。

紅潮した頬に爽やかな風が心地いい。夕暮れの中庭をこうして三人で歩くのは、王宮を案内してもらって以来だ。

「きれいですね」

「あぁ」

しみじみと温室を見つめる実に、ふたりもまたこの光景を目に焼きつけようとするかのように立ち尽くした。

管理者を失った温室の世話は専《もっぱ》ら実が行っている。ラハトがやっていた細やかな管理を引き継ぎつつ、彼が戻ってきた時には今度はふたりで植物の世話ができるよう、実なりに工夫をこらしているつもりだ。

きっとラハトが見たら驚くだろう。今、温室の中は目まぐるしく変わりつつある。なぜなら、これまでこの国になかった植物の種が容易に手に入るようになったためだ。サディークの努力の甲斐あって、連合軍を組んで攻め入ってきた近隣諸国と和平同盟が締結された結果、貿易が飛躍的に活性化したのだ。おかげで少しずつ珍しい種類の草花も増え、温室はにぎやかになりつつある。

もうひとつ、アラバルカにうれしい変化があった。

これまで砂の国と揶揄《やゆ》されてきた土地に緑が育ちはじめたのだ。乾いた大地に旱天《かんてん》の慈雨がもたらされ、人や家畜を潤すのみならず、新しい命の芽生えをも促した。それを見た時のサディークのよろこびようといったらなかった。

いつかこの地に緑を取り戻すという彼の強い決意がこうして実を結び、自分たちをも結びつけた。その感動やいかばかりだろう。そんなサディークを傍で支え続けたイザイルも誇らしげな顔で目を細めた。

今はまだほんの少しでも、近い将来、この国は再び緑で覆われるだろう。

あちこちに花が咲き、草が生え、木が繁《しげ》って人々を憩わせる。人間が生きる上で欠けてはならないもので満たされる。そんな未来を、自分たちはこの手で引き寄せるのだ。

「サディークがこの国の王様でよかった。イザイルがその隣にいてくれてよかった」

「どうしたんだよ、急に」

小さな独白を聞き逃さず、イザイルがふっと笑う。

それがなんだかうれしくて、実はふり返ってふたりを見た。

「おふたりのおかげで、素敵な未来がやってくるんだなぁって」

「そなたのおかげでもあるのだぞ。〈緑に愛されたもの〉がこの国を救ってくれたのだ」

「それ言ったら俺たちのことも、だな」

「サディーク、イザイル……」

僕の方こそ救われています。たくさん愛してくれてありがとう。

そう、口を開きかけた時だ。

「父上ー！　叔父上！　あと、母上！」

白い弾丸が一直線にこちらに向かってくる。いつもどおり大慌ての世話係であるサンと、それを手伝うアルも一緒だ。

「え……？　今、母上って言いました？」

「今日からはそう呼んでもらわないとな？」

サディークが確信犯の笑みを浮かべる。

「ミノリは俺らのもんだってちゃんと理解させとかないとな」

「な、なに言ってるんですか。イザイルまで」

「ほら、来たぞ」

「母上ー！」

「わぁっ」

ぽふん！　と音を立ててイーリャが飛びこんでくる。

それを必死に受け止めながらも、よたよたと蹈鞴を踏んだ実はサディークとイザイルに抱き留められた。まさに三人揃《そろ》っての共同作業だ。

一瞬の間を置いて、六人分のあかるい笑い声が響き渡る。

これからもこんな毎日が続いていくんだろう。

しあわせな未来に三人は顔を見合わせ、微笑み合うのだった。

いつかおまえを迎えよう、緑の花嫁。
奇跡の名のもとに種を芽吹かせ、愛を実らせ、
いつの日か、この乾いた大地が再び緑で満ちることを——。

あとがき

こんにちは、宮本れんです。

『異界の双王と緑の花嫁』お手に取ってくださりありがとうございました。

私にとってはじめての異世界トリップファンタジー。身分差・花嫁・3P・ちびっこと盛り盛りな設定でとても楽しく書かせていただきました。

お話の舞台は、砂の国と呼ばれる架空の国・アラバルカ。この地を訪れた商人によってその緑土の美しさを祝福された繁栄国でした。けれどとあることがきっかけで緑を失い、疲弊した国と民を救うため立ち上がった若き王サディークとその弟のイザイルによって、国を救う鍵を握る実が召喚されるところから物語ははじまります。

砂の国で生まれ育ったサディークたちにとって、緑とともにあった実はオアシスのような存在だったでしょうし、実際そうなったらいいなぁと思いながら書きました。砂と緑、王と平民、守るものと守られるもの、そんな対比と同時に、サディークとイザイルというタイプの異なる攻ふたりの魅力や対比を絡めつつ、この三人ならではの恋愛模様を描いたつもりです。他国との武力闘争や内部の裏切りなど様々な要素が絡み合いながら進行した関係で、今回はなんと三〇〇ページ超えの大ボリュームでお届けすることになりました。いろんな意味で思い出深い作品です。

本作にお力をお貸しくださった方々に御礼を申し上げます。

篁ふみ先生。再びご縁をいただき、こうして素敵なイラストを添えていただけてすごくうれしいです。ラフの時点から大昂奮でしたが、カラーをいただいた時のよろこびたるや言葉にならないくらいでした。サディークは美麗に、イザイルは男らしく、どちらの攻もものすごく格好よく描いてくださって感無量です。ほんとうにありがとうございました！

担当F様。今回もまた大変お世話になりました。素早いレスポンスと丁寧なフォローに助けられ、安心して書くことができました。今後ともどうぞよろしくお願いいたします。

最後までおつき合いくださりありがとうございました。よろしければご感想をお聞かせください。読者さんのお声がなによりの心の栄養です。楽しみにお待ちしておりますね。

それではまた、どこかでお目にかかれますように。

宮本れん

本作品は書き下ろしです。

ラルーナ文庫

この本を読んでのご意見・ご感想・ファンレターなどお待ちしております。〒111-0036 東京都台東区松が谷1-4-6-303 株式会社シーラボ「ラルーナ文庫編集部」気付でお送りください。

異界《いかい》の双王《そうおう》と緑《みどり》の花嫁《はなよめ》

2019年3月7日 第1刷発行

著　　者｜宮本《みやもと》 れん

装丁・DTP｜萩原 七唱

発 行 人｜曺 仁警

発 行 所｜株式会社 シーラボ
〒111-0036 東京都台東区松が谷 1-4-6-303
電話 03-5830-3474／FAX 03-5830-3574
http://lalunabunko.com

発　　売｜株式会社 三交社
〒110-0016 東京都台東区台東 4-20-9 大仙柴田ビル 2 階
電話 03-5826-4424／FAX 03-5826-4425

印刷・製本｜中央精版印刷株式会社

　ISBN978-4-8155-3207-9